U0124739

蒙田随笔集

[法] 蒙田 著　陈家录 译

Essays of Montaigne

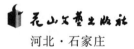
花山文艺出版社

河北·石家庄

图书在版编目（CIP）数据

蒙田随笔集/(法)蒙田著；陈家录译. -- 石家庄：
花山文艺出版社，2022.9
ISBN 978-7-5511-6232-6

Ⅰ.①蒙… Ⅱ.①蒙… ②陈… Ⅲ.①随笔－作品集
－法国－中世纪 Ⅳ.①I565.63

中国版本图书馆CIP数据核字(2022)第146059号

书　　名：**蒙田随笔集**
　　　　　Mengtian Suibi Ji

著　　者：[法]蒙　田

译　　者：陈家录

责任编辑：梁东方
责任校对：李　伟
装帧设计：鸿儒文轩
美术编辑：胡彤亮
出版发行：花山文艺出版社（邮政编码：050061）
　　　　　（河北省石家庄市友谊北大街330号）

销售热线：0311-88643221 / 34 / 48
印　　刷：三河市华东印刷有限公司
经　　销：新华书店
开　　本：880 毫米×1230 毫米　1/32
印　　张：6.5
字　　数：140千字
版　　次：2022年9月第1版
　　　　　2022年9月第1次印刷
书　　号：ISBN 978-7-5511-6232-6
定　　价：48.00元

　　蒙田（1533—1592），法国文艺复兴后期人文
主义思想家，人类感情的冷峻观察家。他的散文
主要是哲学随笔，因其丰富的思想内涵而闻名于
世，被誉为"思想的宝库"。

《蒙田随笔集》第一卷和第二卷初版（1580 年）

　　蒙田出身于新贵族家庭，曾做过 15 年文官，并游历过意大利、瑞士等地。他在 37 岁那年继承了其父在乡下的领地，一头扎进那座圆塔三楼上的藏书室，开始隐居、读书、写作。1580 年，他在波尔多出版了《蒙田随笔集》第一卷、第二卷。扉页作者名衔是"蒙田领主、骑士团骑士与国王侍臣"。

目 录
CONTENTS

1. 论悲伤

悲伤这种情感，是最可以摒弃的。我既不欣赏它，也不喜欢它，但世人总是煞有介事地对它推崇备至。人们常为这一情感穿上智慧、道德和良心的华丽外衣，这种装饰多么古怪而拙劣！而意大利人的解释则贴切得多：他们将"邪恶"视为"悲伤"的代言词。因为这种情感向来就是一种无益而可耻的荒谬情感，所以斯多葛派也将悲伤视为怯懦和卑下，禁止他们的哲人握有这一情感。

据载，埃及国王普萨梅尼图斯被波斯王康比泽打败，成为一名俘虏；当他目睹被俘的女儿身着婢女的衣服，在波斯人的呵斥下汲水时，身旁所有的朋友无不痛苦地低声哀号，而他只是一言不发地呆立在那里，两眼无神地盯着地面，一动也不动；当他又看见自己的儿子被敌人推上断头台，即将执行死刑，他依旧沉默不语，同之前一样无动于衷。然而，当他瞥见自己的仆人在俘虏的队列中被肆意驱赶，他开始控制不住哀伤的情绪，痛苦不堪地朝着自己的脑袋一通乱砸。

最近我们一位王子[①]的遭遇可以说与这一故事极其相似。在特朗特，他得知自己的长兄被害，整个家族的支柱和荣耀轰然倒塌；接着又获悉二哥也惨遭不幸，全家的另一个希望就此幻灭；面对着这接踵而至的打击，他以常人难以想象的毅力镇定地承担起这一切。然而，不久之后，他的一个仆人死去了，这一突如其来的消息让他瞬间崩溃，毫不克制地纵情发泄出自己的悲痛。见过此情景的人都认为，这最后的一击方才撼动了王子的情感，而事实却是，之前失去亲人的哀痛已经让他悲痛欲绝了，所有的情绪都已处在崩溃边缘，而再添加上一丁点儿的打击，都会让他的防线全盘失守。这一说法同样可以对上一个故事做出解释，即使我们所看见的场景是，普萨梅尼图斯对子女的不幸无动于衷，却对仆人的遭遇难掩悲痛之情，但当康比泽就这一点向这位埃及国王提出疑问时，他答道："后者的悲伤可以通过眼泪来宣泄，而对子女的悲伤却是任何方式都无以言表的。"

谈及至此，我自然就想起了一位古代画家颇为类似的作品。这

---

① 指洛林红衣主教夏尔·德·吉斯。几天内他相继失去两个兄弟，大哥弗朗索瓦·德·古斯于1563年2月24日围攻奥尔良时被杀，另一个死于同年3月6日。

位画家要创作一幅伊菲革涅亚①献祭仪式的作品，画中依照在场每一位与这位无罪少女的远近亲疏关系来表达出各种程度的悲伤之情；而当画到少女的父亲时，这位画家穷尽一切技法和才华，最后只是让这位父亲双手掩面，似乎再没有别的方式能够表达这种深深的悲痛了。这也就是诗人们将这位前后痛失七子一女的母亲尼俄柏②，塑造成一尊默默不语、处于麻木之中的雕塑的缘故；诗人只想让这位母亲化为一座雕石，仿佛这才足以表达出她巨大的悲痛。

沉痛的悲伤将她凝结成一尊石像。③

——奥维德

庞贝古壁画：伊菲革涅亚献祭仪式。

的确如此，当悲痛的力量达到极限，整个灵魂都会为之一颤，肉体突然陷入僵硬麻木之中，无法自由行动。这就正如我们突然获知某一噩耗之时，会感觉到肢体的僵硬、瘫软，感觉所有的行动都被限制了自由；而当灵魂将沉重的悲哀和伤痛统统宣泄出去，化为眼泪和言语，冲出一条道路来，我们的心灵就会重获自由，找到通

---

① 伊菲革涅亚为希腊神话中的人物，其父阿伽门农因冒犯女神阿尔忒弥斯而遭女神惩罚。远征特洛伊的船队无风不能起航，必须把伊菲革涅亚献祭给女神，才能平息其怒火。
② 尼俄柏为希腊神话中的人物。
③ 原文为拉丁语。

往慰藉和放松的出口。

> 痛苦到了极点，终于哭出了声。[①]

——维吉尔

匈牙利国王的遗孀在布达附近与弗迪南国王的遗孀作战之时，德军的雷萨利亚克将军看见战场上抬回一具战士的尸体。大家曾目睹这位烈士在战场上勇武非凡的表现，将军与众人无不为他扼腕叹息。出于好奇，将军与众人一同上前看清此人究竟是谁。等卸掉死者的盔甲，将军才发现此人正是自己的儿子。震天动地的哀恸声中，唯有将军默不作声，孤独地站立在那里，怔怔地凝望着那具躯体，没落下一滴眼泪。这极度的悲哀让他的血液渐渐冰冷、凝固，最后，他直直地倒了下去，僵死在地，永远停止了呼吸。

正如情人们所说：

> 能够说出有多灼热的火，它就只能算作温火。[②]

——彼特拉克

人们以这样的词句来描绘爱情中那种无法遏抑的激情：

---

① 原文为拉丁语。
② 原文为拉丁语。

我啊，多可怜！

我的感官早已不听使唤。

累斯比，我刚见到你，

整个灵魂便陶醉其中；

爱火燃遍了我的全身；

耳畔响起了嗡鸣之声；

眼前一片沉静的黑夜。①

——卡图鲁斯

并且，当感情到达了最炽热、最激烈的时刻，我们的哀怨和相思之苦就难以表露了。这一刻，沉重的思绪已将灵魂压得透不过气来，炙热的爱情也让身体走向了虚弱和憔悴。

所以，随时出现在情人身上的没有端由的晕眩，和那燃烧起来的激情，会在到达某个顶点的那一刻，突然在情人冰冷的身躯中冷却下来。所有耐人寻味和悄然融化的情感都不过是渺小平庸之情。

小悲则言，大悲则静。②

——塞涅卡

---

① 原文为拉丁语。摘自拉丁诗人卡图鲁斯（前87—前54）的诗体剧，累斯比是诗人对他的情妇克洛迪亚的称呼。

② 原文为拉丁语。

出乎意料的欢欣之情，同样也会让人大为震惊。

> 她看着我和特洛伊军队迎面走来，
>
> 骤然一惊，神情恍惚而迷离，
>
> 面色苍白，目光呆滞，骤然间昏倒在地，
>
> 许久才重新张口言语。①

——维吉尔

据历史记载，因过度兴奋而猝死之人比比皆是：罗马妇人曾因为看见儿子从坎尼归来，大喜过望而瞬间丧命；索福克勒斯和暴君狄奥尼修斯②也是因为乐极而死；塔尔瓦在科西嘉得知罗马参议院赐予他荣爵的称号，一度兴奋至极而突然暴毙。除了这些之外，在本世纪，类似的例子也举不胜举：教皇莱昂十世，当他日夜盼望米兰城被攻下的消息从前方传来时，狂喜不已而丢掉了性命。如果还有一个更能证明人类愚蠢的例子，也就莫过于古人所流传下来的哲学家狄奥多罗斯，由于他不能当众解答对手提出的难题，即刻就在他的学院里含着羞耻之情而发狂，当场一命呜呼。

我很少受到这种强烈情感的牵制。我的知觉生来迟钝，理性又在一天天将它束缚起来。

---

① 原文为拉丁语。

② 狄奥尼修斯（前 367—前 344），锡拉库萨国王，老狄奥尼修斯之子。

2. 论闲逸

我们看见许多荒地，如果它土壤肥沃，那必然丛生千百种不知名的无用野草；想要让它为我们所用，就要将它清理干净，播撒好的种子。我们看见许多妇女，任凭自己生出一堆畸形的肉体，想让她们得到真实而正直的后嗣，就要重新施以良种。我们的思想也是如此。如果不能让它遵循一定的约束性，专注于某些特定的目的，它就会迷失自己，放纵自己在想象的原野上漫无目的地飘荡，毫无方向地肆意驰骋。

当青铜盆里波动的水面，
反射出明亮的阳光或皓白的月光，
光芒灿烂地飞舞，穿过空气，

直抵富丽堂皇的屋顶。①

——维吉尔

疯狂，抑或梦幻，从骚动不安的灵魂中诞生。

正如病人的梦境，

混乱不堪，幻觉丛生。②

——贺拉斯

没有确定目标的灵魂最容易迷失。正如常言道，无处不在就等于无处所在。

马克西姆，无处不在，就是无处所在。③

——塞涅克

近来我隐居家中④，决定不理其他繁杂之事，闲逸以度这短暂的余生，仿佛令我的头脑回归空白，让它尽情地休息，自由地转动，这是我善待它的最好方式。我原本希望，随着时间的流逝，我的大脑会愈加沉着冷静，变得更成熟，能更从容更自由地运转，但是，

---

① 原文为拉丁语。

② 原文为拉丁语。

③ 原文为拉丁语。

④ 1571 年。

结果却背道而驰。

> 闲逸的大脑只会让人胡思乱想。[①]
>
> ——卢卡努

它就像一匹脱缰的野马，自由驰骋在茫茫草原上。我们的大脑在闲逸之时，必会充斥着种种杂乱无章的思绪，重重幻觉交织缠绕在一起，比它思考一件事还要多想一百倍。我开始拿笔一一记录下这些怪诞且愚蠢的行为，以便随时能够观察细想，但愿日后自觉惭愧。

---

① 原文为拉丁语。

3. 论欺骗

　　我是最不适合谈论记忆力这件事情的。我甚至并不认为，这世界上还有谁比我的记忆力更差。我有许多庸俗且卑劣的品性，但记忆力之差，我想自己确是绝无仅有，凤毛麟角。我身上似乎没有一丝一毫的痕迹表明我有好的记性，我应因此而声名大噪才是。

　　虽然我生来记忆力就这样不好——鉴于记忆力的重要性，连柏拉图都称它为伟大而权势的女神——不过，在我自小生活的家乡，倘若说一个人不聪慧，那就表示他没有一点儿记性。因此，当我时常埋怨自己记性不好时，身边的人就会不相信我，甚至责备我，仿佛我承认自己是愚蠢的人一样。人们好像从不觉得智慧和记忆力是截然不同的两码事，于是我的处境就更加糟糕了。他们的指责已经对我造成了伤害，实际上，经验告诉我们，事实是恰好相反的，优秀的记忆力和低弱的判断力之间有着必然的联系。在此同时，他们团结起来指责我的不是，只能说明他们自己本身无情无义，而我向来都是诚恳待人，因此，他们这样做也就对我造成了更直接的伤害。从攻击我的记性不好牵扯到我的情感，把一个人天生的缺陷说成是良心上的问题。人们总说我从不记得和朋友说过的话，应该要做的事，忘记他们的各种请求和我所许下的承诺，甚至有时见面都会记不起他们。是的，我承认，我很健忘，但是刻意疏忽朋友交代的事情，我是从来不做的。大家可以认为这是我的不是，但这并不代表可以把它夸大成恶意——一种并不是我真正意识的作为。

基于这是一个无法改变的事实，我总是这么安慰自己，我从这个缺点中得到的主要好处，就是有利于克服一个更糟糕，且更容易在我身上发生的缺点——野心，因为记忆力不好，对于一个操劳公众事务谈判的人来说，这个缺点实在是难以忍受。而大自然先前发展的许多例子说明，随着记忆力的减退，其他能力自然会得到加强。假设有记忆力好的优点，那么别人的独特思想和意见就会常驻在我脑海里，我的思想和判断力就会轻易步入别人的后尘，自己的力量也就无法壮大了。或者，因为记忆力不好，讲话只会更加简短精练。

鉴于记忆库通常比想象库的备货充足，倘若我有一个好记性，那么我的朋友一定会因为我的滔滔不绝而四下逃窜了，因为那些能使我激动并引发思绪的话题，必定会唤醒我支配和处理的能力，我便开始了激烈的长篇大论。这是多么不幸的一件事啊。我在这方面深有体会，几个深交的朋友都为我验证了这一点：记忆力为他们提供事情的全部详细过程，于是他们总想把每一个细节都照顾到，故事自然就会有所拉长，即便这个故事本身是特别有趣的，也会因此变得枯燥无味；可一旦故事不精彩，那你也会埋怨他们的记性不好，或者怀疑他们的判断力。一旦开始一段故事，试图中断或贸然结束都是非常困难的事。好比一匹正在疾速飞奔的快马，它若能干脆利落地停住脚步，这就相当不可思议了。即使是一些讲话特别有条理的人，也会有一开口便欲罢不能的情形。他们总在找一个合适的点停下来，却同时又继续唠叨，像一位虚弱得就要晕倒的人。这样的情况在老年人身上更是体现得淋漓尽致，他们记得活了这么多年的许多事，却总是忘了自己已经讲过了多少多少遍。我曾遇到过故事本身是特别有趣的，可是经一个绅士的叙述，就完全失去了精彩点，因为在座的听众已被灌输上百次了。

我为我记忆力不好感到欣慰的第二个原因就是，事实正如一位古人所说，我并不大记得别人得罪过我，像波斯国王大流士一样，我得找一个人在旁边时刻提醒着我。为了记住雅典人的侮辱，他下令在每一餐开饭之前，都得派一名年轻的侍从在他耳旁反复说上三遍："陛下，千万要记住雅典人啊。"还有，不管是故地重游还是旧书重读，我总会有种无比清新的感觉。

许多人告诫我，记忆力不好就千万别尝试骗人了，这句话非常有道理。我知道得很清楚，语法学家把"讲假话"和"欺骗"区分得非常明白。他们明确指出，"讲假话"是把本身不真实的事情，说成真的；而法语里的"欺骗"一词则来自拉丁文，其定义包含了"昧着良心"的意思。因此，欺骗是指那些言语和内心不一致的人。我所说的也是这种人。他们要么纯粹捏造事情，要么隐瞒或者篡改事情本质。如果要他们总是重复同一个故事，他们肯定会局促不安，露出马脚是必然的。因为事实真相是第一个进入记忆的，并会留下深刻的印记，它在进入我们的思想时，通常会把虚构的错误观念排除。

错误很难站住脚跟，是不可能根深蒂固的，而最初的记忆已经存在于我们的头脑中，它无法忘记那些后来植入的错误或虚构思想。在他们彻头彻尾编造的谎言里，由于没有任何痕迹说明这是欺骗，所以他们似乎觉得无须感到害怕。然而，正是因为它是编造的，没有一点儿真实性，在内心是无法令人把握住的，那么往往连我们自己都会遗忘。我就时常遇到这样的人。不过，有趣的是，这样的话语总能取悦我们的上司。人们总想把诺言和良心依照形势的走向和需要去发展，可事情总在不断变动，因此，他们所说的话必须有许多版本。可能同一件事物，他们有时说是灰色，有时又是黄色；对这个人是这个说法，换成另一个人又是那种说法。

如果这些人都因为某些原因聚集在一起，并各自说出自己的故事，那这种骗人伎俩的后果会是怎样呢？他们除了会陷入无比尴尬的境地之外，还要记住对不同人说的不同事的整个概述，这是要记忆力多好的人才能做到啊！我发现，许多现代人都特别期望自己在社会上拥有一个谨慎的头衔，可是他们没想到，声名在外，实在是难符真相。

实际上，欺骗应是一种被诅咒的罪恶。人与人之间之所以能够互相联系，很大一部分原因在于我们有说话的能力。如若我们知道这种罪恶的后果，我们就必须比对付其他任何罪恶更毫不留情地来对付它。在生活中我发现，大人们往往会因为小孩所做的一些微不足道的事情，不分场合地惩罚他们；因为他们欠缺考虑、以并不会对事情造成任何皮毛损害的行为折磨他们。在我看来，欺骗和执迷不悟，这才是我们应该时刻提防的。这两种缺点会和孩子们一块儿成长。一旦你接触了谎言，要改掉这个毛病就会非常困难了。即使你之前是多么正直的人，只要开口说了第一句谎言，你就别想再摆脱了。我认识一个很专业的裁缝师，可是我没有听他讲过一句真话，即便真话能为他带来好处，他也从来不说。

倘若真理和欺骗都只有同一副面孔，我们甚至可以与它们和平相处；因为我们只需要毫不怀疑地把撒谎者的话反过来理解就好。只是，谎言的面孔有成千上万副，我们根本无法辨认。

毕达哥拉斯派①的人认为，善是确定、清晰且有限的，而恶则是模糊不定、无限的。抵达目标的路只有唯一一条，可是偏离目标的路则不计其数。只是，倘若一个明显且极端的危险需要我用道貌岸然的谎言来避免，我也无法肯定自己是否可以不说谎。

从前有一位神父说过，宁可和一条忠实的狗相伴一生，也不愿与一个没有任何共同话语的人相处。"因此，陌生人经常不被人当人相待。"②由此可见，欺骗的语言比静默更要将人拒之门外！

----

① 毕达哥拉斯派为古希腊哲学家毕达哥拉斯所创立的学派。产生于公元前 6 世纪，其影响直到文艺复兴时代仍未消失。

② 原文为拉丁语。

弗朗索瓦一世①时常吹嘘自己所谓的丰功伟绩，即他曾把米兰公爵的使者弗朗西斯克·塔韦纳——这个能说会道的人反驳得哑口无言，穷途末路。而事实上，塔韦纳是为了弥补一件后果严重的事，代其主子米兰公爵前来向法国国王真诚道歉，并恳请原谅的。事情的原委是：当时国王被逐出意大利时，内心仍旧希望与意大利，甚至与米兰公爵领地继续维持和平友好的关系，于是他想到一个方法，即在公爵身边安插一名亲信，表面上与普通人无异，让人认为他只是在处理个人私事，而实质上他则身负大使的职责。因米兰公爵弗朗索瓦·斯福扎与查理五世皇帝②的侄女、丹麦国王的女儿、洛林的遗产继承人商谈婚事，这不能不让人看到，他与我们的联系和交往必然会给他带来很大损失。于是，法国国王挑选了一位尤其适合此位的人选，他就是王家马厩总管——米兰人梅维伊。表面上他是来处理私人事务，实际他带着秘密国书和用来掩护身份的公爵引荐信来到了公爵身边，并且待了很长一段时间，直到皇帝最后得到了风声，而结果则不难猜想：公爵刻意安排了谋杀的假象掩人耳目，自己深夜潜入使者住处将其杀害，案子就这样在短短两天内匆匆了结了。

　　法国国王不明所以，于是发函给所有基督徒国王和米兰公爵本人以询问事件的真实缘由，当然，弗朗西斯克·塔韦纳早已把一份

---

①　弗朗索瓦一世（1494—1547），法国瓦罗亚王朝国王（1515—1547），曾与查理一世争夺神圣罗马帝国皇位，惨遭失败。后又为争夺意大利领土，与查理一世进行四次战争，均以失败告终。

②　查理五世（1500—1558），神圣罗马帝国皇帝（1520—1556）。

与真相大相径庭的长篇推理准备妥当。在国王主持早朝期间，他当堂讲述了许多令人无法不信服的依据，以此证明使者确实是遭人暗杀。他说，这位使者从来都只被主人当作是前来米兰处理私事的绅士，而且他也没有任何其他可疑的身份；米兰公爵还认为他可能根本就不认识国王，更别说为国王做任何事情了。因此，他就是一个普通人，并不是什么使者。与此同时，弗朗索瓦一世提出他的疑问和异议，从各个方面来挤对并逼迫他，最后提到是不是他夜间偷偷将法国使者处决。此时，弗朗西斯克已变得局促不安，只好坦白回答，出于对国王的一种尊敬，认为在白天实施极刑是万万不妥的。我们可以想象一下，在法国国王敏锐的目光下无法自圆其说，他该是多么狼狈不堪，将会受到多么严厉的惩罚啊。

尤里乌斯二世教皇给英国国王派去了一名使者，目的只是煽动国王反对弗朗索瓦一世[①]。大使向国王陈述了他所肩负的任务，英国国王在回答他时着重强调说，攻打一个势力如此强大的国家，之前必做的准备工作必定极其困难，并还为此找了各种各样的借口。使者接着告诉英王，说他所提出的这些问题自己也想过，并也和教皇共同商讨过。大使的这一回答彻底让英王坚定了自己的观点，使者原本的任务是尽快发动战争，结果却南辕北辙，还让英王发现了蛛丝马迹，实际上使者本身是偏袒于法国国王的。于是英王把这一事实报告给教皇，结果使者的全部财产都被罚充公，还差点儿性命难保。

---

① 应为路易十二。作者搞错了。

4. 论恐惧

我心惊肉跳，毛骨悚然，

一时间哑口无言。[①]

——维吉尔

我并非同人们所想的那般，是一名研究人性的专家，至于恐惧的来源我也所知甚少。但是，这种情感的确很微妙。据医生所言，最能令我们惊慌失措的情感正是恐惧。事实的确如此，我曾目睹过，恐惧让众多人变得魂不守舍，即使是最镇定自若的人，在恐惧

---

① 原文为拉丁语。

的袭击下也会变得失魂落魄。在此我不提及那些世俗之人，他们所恐惧的对象，无外乎就是害怕遇见幽灵鬼魂，害怕逝者从安息的墓穴中裹着一身白布爬出来。我们通常认为士兵是最胆大的，但是他们也难免遭受恐惧的袭击和迫害，以至将羊群当作披着盔甲的骑兵，将芦苇竹叶当作手持长矛的骑士，将友人当作对手，将白十字架看成红十字架。

在德·波旁先生[1]入侵罗马时，圣皮埃尔镇的一位守卫旗兵，一听见警报响就吓得魂飞魄散，扛着军旗撒腿就跑，直直地从倒塌的墙洞向城外敌方队伍奔去，而他还以为自己在往城内躲呢；波旁一看，以为城内的人前来宣战，于是立刻摆好阵势，随时准备还击；那跑得迷糊的旗兵一见这阵势，幡然大悟自己跑错了方向，遂想调头原路钻回去；但他从那倒塌的墙洞中已经一路狂奔出三百多步了。在比尔伯爵和迪勒先生攻克我们的圣波尔镇时，同样也遭受此番厄运：他们个个都闻风丧胆，纷纷从碉堡里跳出来四下逃窜，结果被入侵者一网打尽。这一场围攻中，还有一件十分值得纪念的事故：有一位被吓得魂飞魄散的贵族，在逃命的过程中突然暴毙身亡，而他浑身无一处受伤，纯粹是被吓死的。

恐惧时常会扼住一群人的灵魂。在德国和日耳曼库斯[2]的一场

---

① 德·波旁先生（1490—1527）为第八位波旁公爵，1514 年成为法国陆军元帅，后投靠神圣罗马帝国皇帝查理五世，1527 年围攻罗马时身亡。

② 日耳曼库斯（前 15—19），古罗马将军。真名为尤里乌斯·恺撒。被奥古斯都皇帝派去镇守莱茵河边境，他对德国的胜利使他获得日耳曼库斯（日耳曼人）的绰号。

战役中，双方大队都被恐惧扼住了喉咙，纷纷丢盔弃甲，背向而逃，而一方的出发地也是另一方正要逃离的地方。

恐惧有时也会给我们的双脚插上翅膀，像上面那些狂奔不已的逃兵一样；有时也会将我们的双脚死死钉在地上，让我们半步也无法挪动。例如泰奥菲尔[1]皇帝。在泰奥菲尔同亚加雷纳人[2]的一次作战中，他没有预料到自己竟然会打败仗，在极度的震惊下变得浑身僵硬，目瞪口呆地立在原地，都忘记要逃命了："恐惧得连逃跑都忘记了！"[3]后来他手下的一位将领拼命摇晃他，对他喊道："您若是不随我离开，我就立刻杀死您；我宁愿让您牺牲，也绝不会眼睁睁地看着您被俘虏，以致帝国覆灭。"他这才仿佛从沉睡中惊醒过来。

恐惧时常还掩藏着一种极大的爆发力。它让我们誓死捍卫家园的勇气、维护荣誉和尊严的决心统统丧尽，又使我们重新变得毫不畏惧，以此来维护它的利益，彰显出它最后一点儿的威严。在罗马由桑普罗尼奥斯[4]执政期间，与汉尼拔[5]的第一次正面交锋眼看即将战败，数万名步兵完全乱了阵脚，惊慌中不知往何处逃命，索性在敌军的队伍中拼死一搏，结果反倒成功地杀出一条活路来，把迦太

---

① 泰奥菲尔（？—842），东罗马帝国皇帝（829—842在位）。

② 亚加雷纳人为阿拉伯人，是亚伯拉罕和女仆亚加尔之子的后裔。

③ 原文为拉丁语。昆图斯-库提尤斯语。

④ 桑普罗尼奥斯是古罗马政治家，公元前218年为古罗马执政官，在第二次布匿战争中曾失败，后在迦太基取得几次胜利。

⑤ 汉尼拔（前247—前183），迦太基统帅。公元218年春，率军远征意大利，实为第二次布匿战争之始。

基^①人打得落花流水，彻底冲刷了逃命的屈辱，赢得了殊死一战后的光荣胜利。这种恐惧是最令我害怕的。

所以，恐惧的威力是任何其他情感都无法比拟的。

庞培的朋友们曾在他的船舰上目睹一场惨绝人寰的大屠杀，难道还有什么情感比这种场景下的痛苦更强烈、更真实吗？然而，当他们看见越来越靠近的埃及帆船时，顿时吓得完全将痛苦抛之脑后，只顾着催促船员赶紧划船逃命，等到了推罗^②，确保安全之后才镇定下来，而后突然回想起方才的一幕，顿时无法抑制地哀号在地，痛哭不已。之前，他们的哀伤和泪水正是被那威力更大的情感——恐惧所压抑住了。

     那时，我心中的全部勇气

     都被恐惧一手卷走。^③

——西塞罗

许多在战场上受伤流血的士兵，即使浑身是伤，次日也依旧被送回战场上继续作战。然而，那些心存恐惧之人，那些在想象中将敌人塑造成十分可怕的形象的人，他们可不宜再被送回到敌人面

---

① 迦太基是非洲北部（今突尼斯）的奴隶制国家。公元前 3 世纪开始同罗马争夺地中海西部霸权，从而导致三次布匿战争（前 264—前 146），迦太基失败，沦为罗马一行省。

② 推罗是古代腓尼基南部奴隶制城邦，即今黎巴嫩的苏尔。

③ 原文为拉丁语。

前。那些整日忧心忡忡的守财奴、殖民地上的人或被放逐的人，他们总是寝食难安，坐卧不宁。相比之下，那些流浪者、穷苦农民却生活得十分自由，同他人一样快乐。最后我们得知，恐惧这种情感比死亡还要痛苦难熬，事实已经证实了这一点：因无法忍受恐惧的煎熬而投河自尽、上吊、跳崖、自寻短见的人比比皆是。

在希腊人的观念里，并非所有的恐惧都由理性失误所致，还有一种恐惧没有明确的缘由，它是源于上天的冲动和惩罚。这种恐惧可以俘虏整支队伍，甚至整个民族和国度。迦太基就曾被这种恐惧侵袭，以致整个国家都陷入一种极端的恐慌中，四处都充斥着恐怖的尖叫。上空似乎响起了警报，人们纷纷从家中跑出来，互相殴打，残害对方，混乱地厮杀成一团，仿佛他们的家园就要沦陷为敌人的领地了。一片嘈杂混乱的天地。最后，上帝的愤怒在祈祷和献祭中渐渐平息。这被希腊人称为潘①引发的惊恐。

---

① 潘为希腊神话中的山林神，身体是人，脚和腿是羊，头上有角，住在山林中保护牧人。但它突然出现时会引起人们极大恐慌。因此，潘引起的惊惧指集体突然而强烈的惊惧。

5. 论友谊

一位画家在为我作画时，其使用的画法不禁让我萌生了模仿的念头。他以墙壁为画布，以墙壁的最中央为主景落笔点，在这最好的地方尽情施展他全部的才华，创作出一幅精美的油画，而后用怪诞的装饰画填满周围的空间，这些装饰画同样也独具特色，变化万千。而我的散文呢？难道不是这样新奇独特的怪诞画吗？朦胧模糊的脸孔，千奇百怪的身躯，各种各样的肢体拼接起来，以随意的比例和次序连接成一个整体。

一个长着鱼尾巴的美女的身躯。①

——贺拉斯

---

① 原文为拉丁语。

在创作第二部分内容时，我同那位画家的做法并无差异，但第一部分也是核心部分，我的功力尚且不够，我能力有限，才能浅薄，无法画出高雅绚烂、彰显着艺术性的作品来。我也曾想过，是否可以从艾蒂安·德·拉博埃西①那里借来一些名作，好为我的作品增色添香。这就是拉博埃西的一篇论文，名为《甘愿受奴役》，后来有些借用者并不知作者已为本文命了名，因此重新拟了新标题："反独夫"。在当时，拉博埃西尚且年少，难免年轻气盛，因此这篇文章被他写成一篇评论，极力倡导自由，抨击专政。

此后，那些理解力极高的文人们开始互相传阅并极力推崇这篇评论，这确是一篇极其优秀的文章，观点犀利，表达全面。当然，也不能说这是他所有作品里最好的一篇；但是，后来在我与他相识之际，他若能与我下同样的决心，决定写出自己最真实的想法，那么我想，一定会诞生更多与古典作品并驾齐驱，堪称传世之作的伟大作品。这一点毋庸置疑，他在这方面有着得天独厚的天赋，就我所认识的人当中，绝对无人能与他抗衡。

但是，到最后他就只剩下这篇文章了，而且还是偶然才保留下来的，在我看来，他之后再也没见过这篇文章；另外他还写了关于一月敕令②的论文，一月敕令正是因与我们的国内战争相关而名声大噪。这几篇文章出版的可能性很大。他给我所有珍贵的遗赠品

---

① 拉博埃西（1530—1563），法国行政官员、诗人、人文主义者。从1557年起，他对蒙田有很大的影响，死时把他的文稿留给了蒙田，后者设法把这些文稿出版了，就差《甘愿受奴役》一文没有发表。

② 隐射1562年1月法国国王查理九世的母后卡特琳颁布的宗教宽容法令。

当中，我能收回的就只有这些了。他在临终前留下遗嘱，要将他的所有文稿和藏书全部赠送与我。除此之外，还将他的论文集遗赠给我，后来，我将这些文集全部出版了。[①] 不过，我最要感谢的仍旧是《甘愿受奴役》；因为有了它，我才得以认识拉博埃西。在我们尚未相识之前，他的大作我就已经熟知了，他的名字我也有所耳闻，而在此之后，我与拉博埃西的友谊就拉开了帷幕。在上帝的祝福中，这份友谊在我们的精心灌溉下越来越弥足珍贵。甚至可以说，在整个人类交往的历史上，这种深刻的友谊都十分罕见。要多少次的相交相知，才能建立起这般深厚的情谊！能在三个世纪里找出一例来就实属不易了。

或许是出自一种本能，人类钟情于交友胜过任何其他一切。亚里士多德曾说，最好的法官把友谊看得比公正还重要。但是，我和拉博埃西之间就存在一种至善至美的友谊。友谊多种多样，往往都是由欲望、利益、公众需求或私人需要作为维系的纽带。因此，越是掺杂着与友谊本身无关的其他动机、目的或利益，就越难有真正的美好和真诚，也就越无友谊可言。

从古到今，友谊有这样四种类型：以血缘关系为基础的，普通社交活动所建立起来的，处于礼仪待客之道的，男女之间有关爱情的，不管是单一的或是相互联合在一起的，这都不是我在此要谈论的友谊。

为何说父子之间没有友谊？因为子女对父亲的感情，多半出于

---

① 这本论文集于 1572 年在巴黎出版。

一种尊敬。友谊建立在交流的基础上，而父子之间有明显的地位差距，难以有这种交流，也许还可能伤及父子间天然的义务关系。父亲通常不会向孩子袒露内心的秘密，以免产生一种随意感，使父亲在孩子心里失去应有的威严；同时孩子也不能指明或责备父亲的错误，给父亲提意见，而这一点却是友谊中最不可缺少的职责。

很久以前，许多国家都有父子间的传统习俗，有些国家是儿子必须杀死父亲，有些国家则相反，父亲必须杀死儿子；当然，这些习俗的最终目的都是要扫清障碍，一方的毁灭是另一方存在的决定性因素。这种天然的父子关系曾遭受众多古代哲学家的鄙夷。亚里斯卜提就是一个例子：他被人逼问，生下孩子的原因是否出自于对孩子的爱？他对此十分不屑，蔑视地说道，若肚子里孕育的是蠕虫和虱子，他也照样会让它们出生。另一个证实这一点的例子就是普鲁塔克，他在谈及兄弟情谊时说道："我一点儿也不在乎，即便我们是一母所生。"

在我看来，兄弟这个词语充满了珍贵而美好的爱意，我同拉博埃西之间就是兄弟之情。但是，兄弟之间往往会牵扯财产分配和利益混合，一个人的富足必然导致另一个人的贫困，这就会使兄弟情谊大大削弱和淡化。在同一条路上行走，或在同一领域谋利，兄弟之间必然会发生冲突和顶撞。不过，从另一方面讲，兄弟之间为何又会存在那种真挚而完美的情谊呢？父子俩人可能有截然不同的性格，兄弟间也同样。这是我儿子，这是我父亲，但他本性卑劣，或野蛮粗俗，或愚蠢无知。通常，人与人之间的友谊越是建立在自然法则的基础之上，这种天然的义务就会很大程度地削弱人的自由意志，而自由意志所产生的东西绝非其他，正是友爱和情谊。这一点我深有体会，虽然我有一个世上最宽容的父亲，直到他临终的那一刻都一如既往；而我的家庭在父子之情上堪称楷模，在兄弟情谊方面也远近闻名。

我给予兄弟那慈父般的爱退迩闻名。[①]

——贺拉斯

倘若将男女间的爱情与友谊相比，即使爱情是我们自己做出的选择，也并不属于友谊的范畴，不在友谊之列。我认同爱情的火焰更炽热，更激烈，更活跃。

因为爱神已将我们看透，

在她操心的事中掺入甜蜜的痛苦。[②]

——卡图鲁斯

但爱情的火焰却总是摇曳不定，变化莫测。它激烈而冲动，忽冷忽热，忽大忽小，让我们时刻紧张兮兮。然而，友谊的火焰散发出的是一种普通的温热，它平静而安稳，镇定平和，持久不变；它愉悦而雅致，不会让人感到痛苦和难过。而且，爱情里难免暗藏着

---

① 原文为拉丁语。
② 原文为拉丁语。

一种狂热的欲望，一种越是得不到却越要追求的狂妄：

正如猎人捕获野兔，

无论严寒或酷暑，

无论险峰或深谷，

只想拼命将它抓在手中，

一旦得到，便不再珍惜。[1]

——阿里奥斯托

　　爱情倘若进入友谊的层面，也就是说，进入志同道合、彼此赏识的阶段，它就会渐渐消退，进而消逝不见。爱情的最终目的在于取悦身体，　旦欲望得到满足，便不复存在；但友谊则截然相反，越是让人向往，就越乐在其中。友谊一旦获得，便会得到更进一步的滋润，不断向前发展，因为它源于精神和心灵，灵魂也会由此而升华。在这至善的友谊背后，我也曾暗享过轻率的爱情，在此我不想多谈，以上几句诗已经表达得够通透了。所以，在我身上这两种感情都曾驻足留守过，我们彼此相识，但绝不会互相争夺挤对；友谊在上空抬头昂首，傲气凛然，在自己的路上迈着坚定的步伐，不屑的目光扫过在它下方挣扎着的爱情。

　　至于婚姻，那更无异于一场交易。在这场生意中，只有入口处是自由的（它的延续具有一种强迫性，由我们意志以外的东西决

---

① 原文为拉丁语。

定），而且通常会隐藏着其他的动机和目的。另外，还要解开无数个繁杂难理的情结纠缠，这些足以破坏婚姻关系的和谐，阻碍感情的延续。然而，友谊除了自身以外，不涉及其他任何的交易。说实话，这种圣洁的关系通常不能给予女人满足感，她们没有足够坚强的灵魂，不能忍受自己被这种恒久的亲密关系所束缚。先抛开这种情况不谈，倘若能够在完全自由自愿的基础上建立起一种纯粹的关系，让心灵相互契合，灵魂彼此拥有，肉体结合也能完美地参与进来，双方都能用心投入，那么，友谊必定会达到至善至美的境地。遗憾的是，尚未有事例证明女人可以做到这样。女人是被友谊排除在外的——这一观点得到了古代各个哲学派系的一致认同。

我们的习俗公正地排斥和鄙夷希腊人另一种可耻的爱情①。这种爱情与我们所要求的完美相差甚远，与我们恰当的结合更是背道而驰，因为从习俗上来讲，恋人双方的地位和年龄必然要有所差距："这种友谊式的爱情究竟目的何在？人们为何不爱英俊的小老头，也不爱肤浅的年轻小伙子？②"对于这一点，我给予了坚定的反对态度，而柏拉图学园的描述就不像我这样。

他们说，维纳斯之子在情人心中第一次萌生出对美少年的迷恋，这种情感是建立在漂亮外表的基础之上，实际上这也只是身体的假象；他们允许这种迷恋像不断膨胀的欲望那样，狂热、毫无节制、随心所欲。当然，初次对美少年产生迷恋，这绝不可能出自于

---

① 指同性恋。
② 原文为拉丁语。西塞罗语。

精神；精神恋爱和灵魂交流尚未显现出来，还处于萌芽阶段。倘若一个内心卑劣的人狂热地迷恋上一个少年，他的追求就是以物质、金钱、加官晋爵，或某些廉价商品为通道，而柏拉图哲学家们对这种手段极为憎恨和不耻。

心灵高尚之人，必然会采取高尚的追求手段：让对方感受哲学的魅力，教会他崇尚宗教信仰，遵循并服从法律，献身于国家利益，这些都彰显了谨慎、公正、英勇的重要品质；追求者若想更容易被对方接纳，就要尽量保持心灵的美丽高雅，因为肉体早已风光不再，唯有依靠精神的契合，才能维持更坚实更长久的关系。当追求者成功收获果实，那么这个被爱者就会期望通过美好的心灵构建出一种精神（追求者在求爱期间，柏拉图派并不要求他们一定要小心翼翼，或表现得从容不迫，但却要求被爱者做到这些，因为心灵之美是很难辨别真伪的，他们需要对真正的内心作出判断）。在被爱者决定接纳求爱之前，首先要注重心灵之美，外表之美只是位于其次的附属参考，而这恰好与追求者的标准相反。

因此，被爱者更容易得到柏拉图派的偏爱，奥林匹斯诸神也证实了这一点。诗人埃斯库罗斯的做法遭到了他们的强烈谴责：他在阿喀琉斯①和帕特洛克罗斯②的爱情故事中，将年少轻狂、最富年轻活力、最勇猛的希腊人阿喀琉斯塑造成求爱者的角色。在爱情中，最重要也是最具尊严的成分就是精神上的一致性，柏拉图派的观点

① 阿喀琉斯为希腊神话中的英雄。参加特洛伊战争，英勇无比，大败特洛伊人。
② 帕特洛克罗斯为阿喀琉斯的好友。在特洛伊战争中，他身穿阿喀琉斯的盔甲冲到特洛伊城下，被赫克托耳杀死。他的朋友阿喀琉斯为他报了仇。

是，精神一致所带来的结果对自己或对方都大有裨益；这种一致性体现出了国家的力量，捍卫了应有的公正和自由。证实这一点的最好典范就是哈莫狄奥斯①与阿里斯托吉顿②之间的爱情。不过，这种一致性被柏拉图派冠以至上和神圣的名号。他们认为，对于专制者的残暴和人民的懦弱来讲，它是最有力的敌人。总之，柏拉图哲学的爱情观可以归为这一句话：爱情的结局存在于友谊中。斯多葛派对爱情的解释也大致如此："爱情是赢得友谊的一种尝试，当我们被某人的美丽外表所吸引，我们就会渴望获得他的友谊。③"现在，我们回到最初对友谊的描述上，给出更公正的说法："只有当年龄和性格达到成熟牢固之时，才能够正确完整地判断友谊。④"

我们平常所称的"朋友"和"友谊"，无非就是指出于某种机缘或某种利益，彼此心灵相通而建立起来的密切往来和友善关系。而我在此要说的友谊，则是指相互融合的心灵，彼此间完美地结为一体，连用以连接的纽带都消隐其中。倘若有人逼迫我说出喜欢他的原因，我会感觉不知如何表达，只好这样回答："因为那是他，因为这是我。"

对于促成我和拉博埃西这种友谊的力量，除了我能阐述清楚的以外，还有某种我无法解释的必然如此的媒介力量，那是任何言辞

---

① 哈莫狄奥斯（？—前514），雅典公民，同他的朋友阿尔斯托吉顿密谋反对雅典暴君的独裁政权，当场被杀死。
② 阿里斯托吉顿（？—前514），雅典青年，同他的朋友哈莫狄奥斯一起谋反雅典独裁者，被捕后死于酷刑。
③ 原文为拉丁语。西塞罗语。
④ 原文为拉丁语。西塞罗语。

都无法表达出来的。我们未谋面之前，仅仅因为彼此听到别人谈及对方，就奇妙地相互产生了好感，渴望能够见面。我想，这大概是天意注定的吧。我们单单只是听过对方的名字，就仿佛已经友好地拥抱了。后来，在一次重大的市政节日里，我们偶然得以相见。初次晤面，我们便发觉彼此十分默契，深感相识恨晚；从此以后，我们便成了莫逆之交。再后来，拉博埃西用拉丁语写了一篇极具讽刺意味的出色诗作，已经发表了。[①] 他通过这首诗，完美地阐述了我们之间这种神速到达至上境界的深刻友谊。

我们相识时都已不再年轻，他还比我年长几岁，[②] 未来交往的日子屈指可数，我们的交情起步太晚了。因此，必须抓紧时间，不能像往常一样，依泛泛之交的规矩行事，还要先进行长时间的谨慎接触。我们这种友情，别无其他模范参考，自己就是理想的模式。既非出于某种特殊的元素，也不是三五种乃至上千种特别的要素，而是一种无以名之的由众多要素混合而成的精粹，它控制我的全部意愿，使之与他的意愿融合在一起，化为一体；同样，拉博埃西的全部意愿也被它攫住，使之融合进我的意愿中，合二为一。我说"融为一体"，那的确如此，因为我们彼此都没有私自留下自己的任何东西，也没有区分属于他的，还是属于我的。

---

① 由蒙田收进拉博埃西的文集中。
② 两人相识时，蒙田 25 岁，拉博埃西 28 岁。

罗马执政官们在处死提比略·格拉库斯[①]之后，继续追捕并迫害与他有过交往的一些人。他最要好的朋友凯厄斯·布洛修斯便是其中之一。莱利乌斯[②]当着罗马执政官的面，问布洛修斯愿意为他的朋友做些什么，布洛修斯的回答是一切事情。莱利乌斯听了后，追问道："什么？一切事情？如果他要你烧掉我们的神庙呢？"布洛修斯驳斥了他的话："他绝不会要我去做这样的事情。""但如果他提出了这样的要求呢？"莱利马斯接着问，布洛修斯答道："那我会去做。"

据史书上记载：倘若布洛修斯是格拉库斯真正的朋友，就无须如此冒险来冲撞执政官，也不应该放弃对格拉库斯人格的信任。但是，那些斥责他的言辞具有煽动性的人，并不懂得其中的秘密，也不知道布洛修斯心底里对格拉库斯坚定的态度。实际上他们俩相交甚深，他们之间的友谊十分牢固，彼此也十分了解。他们不是普通朋友的交往，也从不盲目冒险或制造混乱。他们信任对方，也钦佩对方。你可以将这种信赖交付于道德和理性引导的缰绳（若你不这样做，这根缰绳就绝不可能受制于你），你就会发现布洛修斯会给出这样的答案。假如他们的行动与思想背离，两人无法达成一致的话，那么，不管是以我的标准，还是他们的标准来看，他们都不再

---

① 提比略·格拉库斯（前 162—前 133），古罗马护民官，试图进行农业改革，把大贵族窃取的土地归还给平民，但未得平民欢迎。他本人在反动贵族挑起的民众暴乱中被杀。

② 莱利乌斯（活动期为公元前 2 世纪），古罗马军人、政治家。公元前 140 年成为执政官。

是朋友。

就算是我，我想我也会给出同样的答案。假如我被人问道：
"倘若您的意愿要求您处死您的女儿，您会这样去做吗？"我会给
出肯定的答案。因为即便我做出这样的回答，也并不代表我就一定
会这样去做，我十分信任自己的意愿，也绝不会怀疑这样一个朋友
的意愿。我从不会怀疑我朋友的目的和思想，这一坚定信念是世上
任何借口都无法动摇的。无论我朋友的做法以何种方式和面目呈
现，我都能立刻发现它的目的。我们心灵相融，步伐协调，彼此欣
赏，友谊之情已深入灵魂深处，所以，我对他了若指掌，正如我对
自己了解通透一样，而且，我比信任自己还要信任他。

千万不要把普通的友谊和我在此谈及的友谊相提并论。同样，
我也曾有过普通的友谊，也十分完美，但我告诫各位，若是将这其
间的规则混为一谈，便会很容易出错。对于普通的友谊，人们像握
着绳索般小心翼翼地前行，仿佛稍不留神，手里的绳索就会突然断
裂。奇隆这样说道："爱他，就要想到有一天你会恨他；恨他时又
要想到你可能会再次爱他。"这一规则，对于我谈及的那种崇高的
友谊来说，是十分令人厌恶的，可对于普通的友谊来说，却是必
要且有益的。对于后者而言，亚里士多德有一句名言十分匹配：
"哦，我的朋友们，世上并没有一个是朋友。"

恩惠和利益孕育着普通的友谊，而在我这种至上的友谊中，却
遍寻不着它的踪迹，因为我们的意志早已彼此交融。在必要时，我
也会向朋友求助，但无论斯多葛派如何夸大宣称，我们的友谊都不
会因此而有所加深，我也不会因为朋友给予我帮助而私下感到庆

幸。这种深度的友谊结合，才能称作真正意义上的完美。朋友间不再存在义务的概念，而他们极其厌恶的导致分歧和争端的字眼儿，比如利益、义务、感激、祈求等，也都消失在他们的视野中。实际上，他们间所有的一切，包括意志、思想、观点、财产、妻子、儿女、荣誉和生命，都为他们共同所有。他们行动一致，依据亚里士多德的定义，他们是一个灵魂占据两个躯体，所以，他们之间不存在给予或获得任何东西。这也就是为什么立法者为了使婚姻与这神圣的友谊有某种想象上的相似，而禁止夫妻双方相互赠予并立此凭证。由此我们可以推断，所有的一切都应属于夫妻双方共同所有，彼此间没有什么东西可以分开独立存在的。

我谈及的这种友谊，倘若双方之间存在赠予这种行为，那么，赠予方就相当于接受了另一方的恩惠。因为彼此都想为对方付出，这种强烈的意愿超乎于做其他事的意愿，因此，为赠予方提供付出的机会，接受方就表现出宽容的一面，他同意朋友为他做事，就意味着他对朋友施予恩惠。所以，哲学家第欧根尼遭遇经济困难时，他并不会说向朋友们借钱，而是说成要朋友们还钱。下面我要讲述颇为奇特的古代例子，以此来证实这一点。

科林斯人欧达米达斯有两个朋友，一个是卡里塞努斯，西锡安人，另一个是阿雷特斯，科林斯人。欧达米达斯生前极为贫困潦倒，而他的这两位朋友却都是富人，于是他在遗嘱中写道："我将我母亲的赡养责任和送终职责遗赠予阿雷特斯，我将我女儿的婚姻大事遗赠予卡里塞努斯，让他竭尽全力为我的女儿安置丰厚的嫁妆。若这两位朋友有一方离世，另一方将接替他的职责。"起初，那些看到这则遗嘱的人颇为不屑。但是，遗嘱中的继承者却欣然接受所有的条件。他的朋友卡里塞努斯在五天后也撒手人寰，而另一位朋友阿雷特斯自然就接替了他的职责。他将朋友的母亲悉心安顿好，并且把自己的财产分成两半，一半给自己的独生女儿置办嫁妆，另一半则按照欧达米达斯的遗嘱，给朋友的女儿作陪嫁。而这两位女儿的婚礼则在同一天隆重举行。

这个事例很能说明问题，若是说到不足之处，那只有一点——朋友数量过多。我谈及的这种至善的友谊，是不能被分割开来的；彼此间把一切都留给了对方，不能再从中分出来一点儿什么留给其他人；与之相反，他还为此而深感遗憾——为什么自己不能化身为两三个，甚至更多，不能拥有好几个意愿和灵魂去为朋友付出所有。

一般的友谊是可以几人同享的：你可以欣赏这个人的英俊外貌，喜欢那个人的温和大方，你也可以欣赏这个人慈父般的胸怀，喜欢那个人兄弟般的情谊，等等。然而，我这种至高无上的友谊却统领和控制着我们的灵魂，是不可以同任何其他人共享的。假如两个朋友同时来向你求助，你会去帮谁？假如这两个人要求你做的事恰好背道而驰，你会将谁的要求放在首位？假如其中一个人要你保守他的秘密，而另一个人却一定要知道，你又将如何处理这个问题，摆脱这种困境？倘若你拥有的是独一无二的高尚友谊，那其他的职责和义务就都不必考虑了。你既然发誓要保守秘密，那么除了你自己以外，你绝不会违反誓言，把秘密告诉另外一个人。一个人能一分为二，这已经算作了不起的奇迹了；还有人说能一分为三，那简直是天马行空。但凡能分成同等的好几份，那就不再具有唯一性了。有人做出假设，我将自己的爱分成同样的两份，给予我的两个朋友，他们则会同我对他们一样，彼此尊敬，互相爱护，这种假设完全就是把独一无二的单个体成倍增加，变成一个团体，若世上真有这样的事情存在，恐怕也是极为罕见的特例吧。

我之前所说的那个故事，就十分符合我所谈及的友谊之道：欧达米达斯给予朋友们恩惠，要朋友们为他做事，继承他的遗嘱，为他效劳，这也就是为他们提供了付出的机会，他所赠予的是一种慷慨和宽容。毋庸置疑，与阿雷特斯的境况比起来，他所展现出来的友谊的力量要更加强大。简言之，尚未品尝过这种友谊的人很难想象出其中的滋味。有一位年轻士兵回答居鲁士一世的话让我尤为赞赏：这位士兵的马儿刚刚赢得比赛，居鲁士走上前来，问他这匹马儿能否卖给他，是否能接受以一个王国作为交换条件，这位士兵回答道："不，陛下，当然不。不过，倘若我能换来一个朋友，若我能寻觅到一个真正值得交心的挚友，我会十分乐意拱手让出我的马儿。"

"若我能寻觅到"，这是句好话！寻找一些泛泛之交的普通朋友绝非难事，但我们提及的友谊，是彼此真诚、坦诚相待的，自然，所有的目的也要真实可信，绝无遮掩或保留。

在某些友谊利益并存的关系中，你只需防止维系关系的这一端不出任何问题。比如，我不可能去管我的医生或律师信仰什么宗教，这本身就与我们之间的朋友关系毫无关联，与他们为我效劳也没有影响。我与仆人之间也一样。我所在意的只是他是否勤快，他的道德廉耻心怎样我也很少去关注。我不在意赶骡人是否贪玩，我只担心他脑袋愚笨，我也不怕厨师说话粗俗，只是怕他无知。我不愿意要求别人应该怎么做，这种闲事到处都有人操心，我只会让别人看到自己是怎么做的。

这是我的做法，你可照你自己的想法去做。[①]

——泰伦提乌斯

在聚餐时，我喜欢轻松自在地开开玩笑，不拘束，不紧张，不需谨慎小心；在床上休息时，我喜欢美丽超过心善；在人际交往中，我喜欢能力强的人，即使他不够正直。除此以外的其他也都一样。

当阿格西劳斯二世同孩子们 起玩骑棍游戏时，碰巧被人撞见，他诚恳地请求那人在当上父亲之前不要对此贸然评断，他认为，只有当那人内心多了某种迷恋的情愫时，才会公正地看待这样的行为。在此，对于我所谈及的这种友谊，我衷心地希望，那些曾经尝试过的人能与我谈一谈。不过，我很清楚，现实中的习惯做法多少都离这种友谊天悬地隔，这种弥足珍贵的友谊寥若晨星，我也没抱什么期望能出现一个公正的评判家。古人就这个话题给我们留下了无数的思想和论断，但他们很难与我感同身受，在我的感觉面前略显无力。对于这一话题，事实永远胜于哲理箴言：

---

① 原文为拉丁语。

对于思想健康者，什么也比不过一个令人愉快的朋友。①

——贺拉斯

古人米南德说，若是能寻觅到朋友的影子，也就相当幸福了。他自然有理由说出这句话，即便他曾拥有过这种至上的友谊。感谢上帝赐予我如此平和愉悦的生活，即便因为失去这位挚友让我倍感伤怀，但我实则也坦然心安，毫无忧愁，因为我从不追寻别的欲望或需求，原始需求和自然需要已经让我获得了满足。不过，说心里话，倘若拿我的整个一生同与那位挚友共同度过的四年相比，那也不过只是一片云雾，一个平淡而昏沉的长夜。自他离我而去的那一天起，我便精神萎靡，仿佛只等着耗费这余下的生命；一切玩乐并没能给我带来慰藉，反倒让我愈加思念我的朋友。

那就是永远值得纪念的一天，残酷的一天。

（神啊，这是你们的意愿）②

——维吉尔

---

① 原文为拉丁语。
② 原文为拉丁语。

过去我们分享彼此的一切，现在仿佛我将他的那一半偷走了。

我愿意放弃今后的快乐，
因为我的生活已无他与我分享。①
——泰伦提乌斯

我早已习惯以第二个一半行走于世，我感觉我的那一半已不复存在。

啊！命运夺走了我的另一半灵魂，
我何须再珍惜余下的一半？
那我有何用？
我为什么还要继续活着？
在你离开的那一天，我便不复存在。②
——贺拉斯

我做任何事，思考任何想法，都会责难于他，好比他若站在我的位置上也会如此。不管是能力和品行，他不止百倍地远胜于我，在友谊上也一样，他所尽的职责永远在我之上。

---

① 原文为拉丁语。
② 原文为拉丁语。

我无法忍受失去你的痛苦，兄弟！

我们之间的友谊是多么欢乐，

这一切却都因你的消失而不见！

你带着我的幸福走远了，

你的坟墓埋葬了我们共有的灵魂。

我不思不想，如同行尸走肉，

再也没有闲暇心思读书，

我只希望能同你说说话，

可再也不能听到你的声音？

啊！兄弟，我视你为生命般珍贵，

难道永远的爱，也无法将你带回来吗？①

——卡图鲁斯

不过，让我们来听一听这位 16 岁少年②的心声。

我发现那篇论文③居然被一些心怀不轨的人发表了，那些人企图扰乱和破坏这个国家现行的法则和秩序，却又不估量自己是否能做到。他们找了一些符合他们审美口味的文章同这篇文章汇编成一本书一并出版，所以，我只能在这里发表。为了帮助想了解拉博埃西的思想与行为的人，好让他们对拉博埃西有一个完整的印象，我

---

① 原文为拉丁语。

② 这里指的是蒙田的挚友拉博埃西。第一个版本是 18 岁。

③ 指拉博埃西的论文《甘愿受奴役》。他的一些信徒把他和其他人写的几篇抨击文章融进《查理十一时代法国的回忆录》中，于 1576 年出版。

要说，这篇文章是他少年时期写的，这不过是普通练习的文章，所论述的议题也只是平平常常，哪里都能找到。他对他自己所写的东西都深信不疑，因为他无论做什么都非常认真，就算是在玩耍时也不说假话。我还了解到，倘若他能够选择出生地，那他宁愿生在威尼斯 ①，也不要是在萨尔拉；这个选择很好解释。虽然如此，在他的心中还镌刻着另一条格言：恪守家乡的法律。没有谁能比他更加安分守己，也不会有谁像他一样希望国家安定，反对动荡不安的社会。如果哪里发生骚动，他会尽力去平息，绝对不会袖手旁观，更不会火上浇油。他的思想方式是前几个世纪的模式。

但是，我还是想用他的另外一篇作品来代替这个太过严肃的论文，那篇论文和《甘愿受奴役》于同一个时代诞生，但内容则轻松活泼得多。

---

① 原文为拉丁语。

6. 论节制

　　世间很多美好的东西一经我们的手触碰过，就会变得格外丑陋，似乎我们的手指尖总带有某种邪气。如若我们怀着过分热切的欲望将品德收入囊中，那么结果只会使它在我们的口袋中变成种种恶行。有人这么言传过，倘若德行过了头，它也就不算德行了，真正的德行，总是恰如其分的。他们总会不屑于这样的话：

　　　　一旦行善积德过了头，凡人就会变成疯子，君子也被
　　称作小人。①

——贺拉斯

---

① 原文为拉丁语。

这句话哲理十分微妙。无论是真善或者行义，都不可能完全掌控，真善也可过度，行义也会过头。正如一句圣徒之言："我们只可以适度明智，而不可以过分明智。"

我遇见过一位特别有名气的大人物，本想在同辈中彰显出自己更加诚恳，却不料在此过程中损害了自己所信仰的宗教的声誉。

我喜欢与温和中允的人交往。我真不知道该如何定义那些只注重表面行善的行为，即使称不上厌恶，起码是会令我无比惊讶的。在我看来，不管是独裁者波斯图缪斯，还是波萨尼亚斯①的母亲，都是非正常的秉公行义，只会让我摸不着头脑。波斯图缪斯的儿子仗着自己年轻气盛，就胆大妄为地攻击敌军，最终落得被亲生父亲处斩的下场；而这位母亲所下的第一个决定，也就是秉公行事，杀死自己的亲生儿子。我想，我是不愿意效仿或提倡这种行为的，既残暴野蛮，又得付出高昂的代价。

有两种情况都称不上命中，一是指脱靶的射手，二就是射不中靶子的射手。我们会感觉眼冒金光，什么都看不清，这就相当于你眼前突然迎来一道强光，或者你在一瞬间进入黑暗。我们可以从柏拉图的对话集里找到加里克莱的这样一段话：过分的浮夸不会给我们带来任何好处，我们应当劝诫世人不可迷信超脱，而就此越过利弊之间的分界点。如若你可以掌握超脱的分寸，自然会赢得他人的喜欢，而一旦你沉溺于其中，就会至此染上恶习怪癖，不合群不劳作，藐视宗教法律，甚至排斥一切人间喜乐，无法打理生活，更谈

---

① 波萨尼亚斯（？—前470），公元前479年任斯巴达将领。

不上帮助别人了，只会遭受人们的指责和怒骂。我认为这段话说得很有道理，因为，能够捆绑我们天性中的坦然，就是过分的超脱，它总是以狰狞丑陋的面孔出现在我们面前，阻碍我们的视线，以致我们常常被蒙蔽双眼，看不见前方的康庄大道。

丈夫宠爱妻子是理所当然的事，可是，神学却要对此加以束缚和节制。在我的印象中，仿佛看过圣·多马①著作中有这样一条主要理由来谴责近亲结婚：倘若你一直持续这种对妻子的过分宠溺，那只会得到危险的后果。因为丈夫的爱已经抵达顶峰，可还需要再添加一份亲情，毫无疑问，这份过重的情感只会让丈夫难以保持应有的理智。

男子的道德底线全由神学和哲学来看管和规范。所做的一切事情都必须经由它来审定评判。只有无所作为、稚嫩无知的人，才会对神学和哲学肆意批判。女人们无法自然地讲出自己是如何照顾丈夫的，却可以很坦然地详述自己是如何同男孩子嬉戏玩闹的。因此，我要告诫那些对自己妻子无比眷恋的丈夫几句话：倘若你对妻子的肉体继续不加节制地迷恋，你以此获得的乐趣是上帝所不认同的；人们只会变本加厉，做出更多有违常理的事，譬如纵欲过度、放荡不羁等。就这一点而言，男子们由于自身需要而做出冲动轻浮的举止，不仅有损自己的身份，还会给妻子带来不利。我期望她们心里清楚什么是恬不知耻，起码不应是自己的丈夫。她们从不会拒绝男子的任何要求。而我在这件事情上，则一直保持自然且简单的

① 圣·多马（1227-1274），意大利神学家兼哲学家。

态度。

两个人结合，步入婚姻的殿堂，这是多么严肃虔诚的事情。这也充分说明了，为何婚姻给我们带来的乐趣是不该得以放纵的，而应是端庄稳重、简单自然的。通常我们所说的婚姻的目的在于培育下一代，很多人都对此有所质疑：倘若我们并不打算生儿育女，倘若我的妻子已过生育年龄或者已经怀孕，那么我们是否还可以要求她们？柏拉图就把此等做法概括为行凶杀人。每个地方都有各自的习俗和规定，许多民族的人也不赞同与经期中的女子同房。我想到一个非常值得人们称颂的婚姻典范——芝诺比娅 [①]，她愿意结婚纯粹只是为了生儿育女，达成目标后她任由自己的丈夫在外拈花惹草，只要他记得在下一次同房的时间出现就好。

现在我要讲的是柏拉图借用 个毫无家底、色中饿鬼般的诗人的故事：某一天，天神朱庇特按捺不住自己的兴奋，还没等妻子上床就将她扑倒在地；享受的快感使他完全忘记了之前他在天宫与其他众神一起做出的重大决定，不仅如此，他甚至还骄傲地炫耀自己干得多么出色，简直同他以前背着女方父母初次与她媾和时一样痛快。

通常在出席晚宴时，波斯的国王们都会叫他们的后宫佳丽陪同，不过，当他们已经产生浓厚兴趣，决定不醉不归时，就会先派人将他们的后妃们送回宫中，这样做的原因，只是害怕她们看见自己烂醉如泥的丑态。但是同时，他们又会叫上身份低贱的其他女人

---

① 芝诺比娅，亚美尼亚王的女儿。

来陪酒作乐。

恩赐不可能人人都有份，乐趣也同样如此。伊巴密浓达曾经逮捕过一名流浪男子，而佩洛庇达[1] 试图请求伊巴密浓达，要求看在他的分儿上放过这个男子，最终却遭到了拒绝，他把这份面子卖给了同佩洛庇达有一样请求的一位少女，并扬言这份殊荣是赐给朋友而非功臣的。

索福克勒斯在陪伴军政长官署里的伯里克利时，碰巧看到窗外有一位英俊的青年路过。他情不自禁地对伯里克利喊道："你快看呐！多么俊俏漂亮的小伙子啊！"而伯里克利回答说："或许在别人眼里，说这样的话没有什么，可是放在军政长官身上却极为不妥。因为他不仅要保持双手洁净无染，双眼也必须保持无邪。"

罗马皇帝埃利乌斯·维鲁斯常常遭到皇后的抱怨，说他成天只会寻花问柳。他这么回答：婚姻本身就代表着虔诚与崇高，并不是一味地胡作非为，他那样做是出自真心诚意的。在以前，编写经文的作者们十分崇敬一位因为无法忍受丈夫出轨而毅然离去的妻子。总而言之，在人们的观念里，一旦做出超越道德底线的行为，就该受到人们的指责和怒骂。

实际上，人是世间最可悲的动物了。有些思想是天生的，人们总是无法满足于从始至终只享受单一的乐趣，更何况他还会想尽一切办法将它磨灭消损。人本身是特别高尚的，只要你不特意将自己弄得十足可悲。

---

① 佩洛庇达（？—前364），古希腊底比斯的将军兼政治家。

我们在人为地将我们的命运弄得更悲惨。

——普罗佩斯 [1]

　　我们应该享受的乐趣，总是会被自己时而愚笨时而创新的智慧冲淡和磨灭。与此同时，它还会制造某种美妙而又令人兴奋的假象，使我们无法辨认真伪，想尽手段掩饰丑恶或对其美化。倘若让我做首领的话，我就会采取其他更简单自然的方法，说实话，那是相当神圣的，甚至可能会让我有足够强大的力量收服这种智慧。

　　曾经为人们治疗心理问题的那些医生，都会经过一番漫长而又复杂的研究，他们已经找不到除了体罚、折磨还有痛苦之外的其他药物或可行办法了，不过他们还是会继续引进更多制造痛苦的手段；一切可以做得理所应当，而与此同时，其行为又是那么令人恐惧，譬如禁止进食、剥夺睡眠、创造痛苦、压迫放逐、长期囚禁、笞杖等各种恶劣行为。我祈求别再发生那个叫加里奥的人所承受的那种痛苦了。他先是被流放到莱斯博斯岛。而后，罗马收到通知说他在岛上过得异常安逸，似乎这样的惩罚变成了他的享受。于是，他们又即刻改变主意，立即将他召回，把他关闭在家中，让他只能与自己的妻子接触，目的就是实现惩罚，叫他痛苦而已。做这些事情的原因，都是为了让受饿的人们能够更加身强体壮，已经可以享受鱼肉美味的人，不给他饭吃，或者只给鱼吃已经不起任何作用

---

① 普罗佩斯（前47—15），古罗马诗人。引文原文为拉丁语。

了。同一个道理，在另一种医学理论里，那些已经不会抗拒药品的人们，药剂对他的病情就起不到任何有利作用了。难以下咽是促使药剂实现功能的最初条件。如果让已经可以熟练操作大黄的土著人使用大黄，那会是多么浪费啊。胃痛就得依靠胃药来治疗。我们可以用非常普遍的一条规律来概括：以毒才能攻毒，任何食物都有它的克星。

古代也曾有过类似的记载。当时，人们预想用杀戮和屠杀来祭拜天地众神。这是非常普遍的做法，在宗教世界里尤其受欢迎。远在我们祖先生活的年代，阿穆拉[①]攻占希腊科林斯城时，就曾残忍地杀害六百名希腊青年，目的只是让这些青年的尸体充当死者赎罪的祭品，以此祭奠其父的亡灵。现在探索家们所发现的新大陆，同我们已经利用的旧陆地相比，仍旧是一张纯洁无瑕的白纸。在那里，这样的做法非常盛行。有许多危言耸听的传言：他们的崇拜者一并都曾经浸透人血。他们不仅将人活活烧死，甚至还会在烧的过程中又将他们解剖，在大火中取肠挖肺。更多的人包括妇女，都会被他们活剥，血淋淋的人皮就当作他们制衣服的布料，或是为人们制作面具。其中并非全都是卑躬屈膝的人，那些已经生儿育女的长辈或是懂事的儿童，都会特别要求他们先奉献牺牲，并还要一边欢快地跳着舞唱着歌，一边奔往屠宰场。费尔南德·科尔泰[②]就曾听墨西哥国王的使臣们说过他们是如何夸奖国王的伟大，他所拥有的

---

① 阿穆拉，土耳其古代的一位苏丹。

② 费尔南德·科尔泰，16世纪西班牙征服者，曾参与征服古巴、墨西哥等地。

三十位封臣，又是如何可以独自召集十万名步兵；他所居住的宫殿，又是世界上最奢华、最牢不可摧的……这一点是事实，他们同个别强大的邻国挑衅，不仅仅只是为了锻炼其士兵，其最主要的目的还是给战俘提供牺牲的机会。除此之外，还有一个城镇，他们只是为了迎接上述所说的科尔泰，就毫不犹豫地屠杀五十个人。更夸张的是，被他击败的很多民族，战后都会向他表示感谢甚至祈求同盟。使者们给他带来三件贡品，说道："崇高的主啊，倘若你是嗜血食肉的残暴天主，那么这里有五名奴仆，请你吃掉他们吧，之后我会源源不断地向您供奉；倘若你是宅心仁厚的天神，那么请你收下我们的乳香和羽毛；若你是普通常人，就请收下我们的果品与鸟儿。"

7. 论人与人的差别

　　普鲁塔克似乎曾在某地说过，人与人之间的差别远远大于兽与兽之间的差别。他所说的差别，具体体现为内在的品质和生命力。确实，在我看来，从情理上来讲——那些我熟悉的人——也同我的想象相差无几，与伊巴密浓达有如此遥远的距离。因此，我情愿比普鲁塔克走得还要遥远，我想说的是，人与人之间的差别，有些时候甚至比人与兽之间的差别还大：

　　啊！人与人之间可以相差多远哪！①

——泰伦提乌斯

---

① 原文为拉丁语。

天有多高，智力就会有多少个等级的差别。

但是，倘若提及人的价值，有一点甚是奇怪：万事万物衡量其价值的标准皆为自身的品质，唯有人是例外。一匹马，我们对它的赞扬在于灵活雄健的特质，而不在于它昂贵的鞍鞯；一条猎兔狗，我们对它的赞扬在于其奔跑的疾速，而不在于它华美的项圈；一只鸟儿，我们对它的赞扬在于翱翔的翅膀，而不在于牵绊它的脚铃或牵绳。

> 人们赞扬快马，是因为它
> 在全场的高呼中得奖获胜。[①]
>
> ——尤维纳利斯

那么，就一个人而言，为什么我们不能将衡量他的标准也建立在他的品质之上呢？庞大的随从阵容、富丽堂皇的大厦、名声赫赫的威望、巨额数日的年金，这些仅仅只是身外之物，并非内在品质，不能以此作为赞扬的标准。你若要买一只猫，你定会将它从袋子里拿出来，亲手接触到它的身体；你若要仔细挑选一匹上好的马，你也一定会将它背上披着的铠甲卸下来。你要见到完整的、毫无遮掩的马；若是像古代君王挑马那样，将马儿的次要部位盖住，这一目的就在于不要让它那好看的毛色或宽阔的臀部吸引住你的目光，而要你去注意那些真正最有用的器官——腿、脚、眼睛等。

---

① 原文为拉丁语。

君王们相马常常将马盖住，

以免头俊脚软之马，

以它华美的外表，

迷惑购马的君王。①

——贺拉斯

　　然而，在对他人做出评价时，为何要将他严严实实地包裹起来？这样，映入我们眼帘的，就只有他暴露在外的那部分特征，但真正能够作为评价依据和标准的唯一部分却被遮掩住了。一把剑的剑鞘再华丽精致，若剑本身并不锋利，那么这把剑就算不上精良之作，你也不可能掏腰包把它买下来。看人不是看他的穿着打扮，而是看他本身。有位古人说过一句极为风趣幽默的话："你为什么觉得他的身材高大？不知道吗？那是因为你把他的木屐也给算进去啦。"雕像的底座不能算在雕像之内。量人也不能连同高跷一起量进去。让他穿着干净的衬衣，把头衔、财富、身份都丢掷一旁，然后再来。他的身体健康吗？他是否灵活敏捷？他的体格是否符合他的职位？他的心灵呢，是不是美好？灵魂呢，是不是高尚？他具备那些优秀的品质吗？他是依附于其他的什么而显得高贵，还是本身就高贵？在这其中，财富是否也占据一定的地位？当他面对突如其来的威胁和挑战时，是否能从容应对？他是否视死如归，无所谓老

---

① 原文为拉丁语。

死善终或猝死暴毙？他始终镇定沉着、坚持不懈吗？他是否懂得知足？这些都是我们需要在意的事情，这也都是人与人之间巨大差别的依据和评判标准。

> 他多么明智，多么自制，
> 贫困和压迫被他踩在脚下，
> 他勇于控制情感，淡泊名利，
> 他不露声色，又圆滑世故，
> 他像光洁的圆球向前滚动着，
> 他会逃脱命运的摆布，立于不败之地吗？[①]
>
> ——贺拉斯

这样的一个人，凌驾于任何王国之上：他本身就是一个王国，一个属于他自己的王国。

> 我敢面向双子座起誓，
> 哲人是自己命运的主宰者！[②]
>
> ——普劳图斯

他还想祈求什么呢？

---

① 原文为拉丁语。
② 原文为拉丁语。

难道我们看不到造化只要求我们有个健康无病的肉体，有颗宁静从容、无忧无虑享受人生的心灵？[1]

——卢克莱修

将我们那伙人拿出来，同他进行一番较量吧。他们愚蠢无知，卑微低贱，总是摇摆不定，一切都听从于别人，跟随各种情感的冲击而反复动荡。这简直是天壤之别啊。而我们自身却早已建立起这种习惯性的盲目，很少会在意这些，甚至从没在意过，然而，当我们注意那些帝王和平民、贵族和农民、官员和百姓、富人和穷人的时候，虽然说起话来没有明显的区别，但只要看一眼他们身上不同的穿着，就能轻易区分出他们的身份。

色雷斯有个十分有意思的习俗：他们的百姓同君王之间必须要有极其严格的区别。君王有一个专属的信仰——商神墨丘利，而臣民们则不允许信奉这个专属于君王的上帝。臣民们所信奉的神人——战神玛尔斯、酒神巴克科斯、月神狄安娜，他又是对此不屑一顾的。

然而，这些并不能造成任何质的差异，只是一种肤浅的表象罢了。

这就正如舞台上的戏子们，我们看到他们在舞台上扮演帝王、大公的角色，照样也气魄十足，但一下了舞台，他们转眼又变回了

---

① 原文为拉丁语。

低微的身份——卑贱的仆人与脚夫——他们这才恢复了自己的本来面目。因此，那些在观众眼里气势恢宏、排场隆重的国王将相，那些让人眼花缭乱的光芒——

> 来自于他身上闪亮的巨大翡翠，
>
> 镶嵌在黄金的托架上闪闪发光，
>
> 还有他身上那件鲜嫩欲滴的海蓝色衣裳。①
>
> ——卢克莱修

请看看幕后真实的他吧——再也平凡不过的普通人，或许他的任意一个臣民都要比他高贵呢。"那一位内在温暖，这一位只是表面幸福。②"

怯懦、犹豫、野心、愤怒、妒忌，他也同别人一样意乱心烦：

> 因为，金银财宝，执政官的侍从，
>
> 什么都驱赶不了，
>
> 压在他心头的痛苦和不安。
>
> ——贺拉斯

即便身处军队之中，他也会被焦虑和担忧扼住咽喉。

---

① 原文为拉丁语。

② 塞涅卡语，原文为拉丁语。

压在心头的担忧与操心，

不怕叮当的兵器、飞驰的箭矛，

它们胆敢待在君王、显贵之中，

金银财宝也诓骗不动。①

——卢克莱修

他同我们不也没什么两样，照样会发烧、中风、头痛？等他年迈力衰之际，卫队的弓箭手能让他重返青春吗？等他被死亡的恐惧反复折磨时，他的侍从能让他安心吗？等他心怀嫉妒、丧失理智之时，我们的敬礼致意能让他宽心镇定下来吗？当他的腹部阵阵绞痛时，这镶嵌着奢华珠宝的床榻能让他的痛苦减轻吗？

你认为，你的高烧会因为你那瑰丽的大红毛毯和精致的绣花床单，就比你睡百姓朴素的床单要退得更快？②

——贺拉斯

有些人一个劲地对亚历山大大帝阿谀奉承，非说他就是朱庇特之子。某一日他身体受伤，伤口处逐渐渗出了血液，他盯着伤口说道："看，怎样？难道我流的血不是鲜红的、地地道道的人血吗？

---

① 塞涅卡语，原文为拉丁语。

② 原文为拉丁语。

这看起来可不像荷马口中神仙身上流淌着的血呀。"诗人赫尔莫多鲁斯也曾为安提柯一世写过歌颂诗，在诗中将他称为太阳之子，对此他说道："服侍我起居的侍从们都清楚得很呢，就没那么回事。"他们仅仅只是人类而已。倘若他本就身份低贱、出身卑微，就算统御整个世界，他也不会因此就变得高贵了：

> 让漂亮的女孩儿们追随他而去吧，
> 让娇艳的玫瑰在他脚下盛放吧。[①]
>
> ——佩尔西乌斯

若他愚昧无知、残暴粗鲁，他有什么资格享受这一切？拥有才华和魄力，才能消受这所有欢乐幸福：

> 人有多高的情操，这些就有多少的价值，
> 用得好就好，用得不好，那就糟。[②]
>
> ——泰伦提乌斯

无论财富携带多少好处，灵敏的感觉才能品尝到它的滋味。幸福，不在于拥有，而在于享受：

---

① 原文为拉丁语。
② 原文为拉丁语。

奢华的豪宅，无尽的黄金财富，

都无法治愈你身体的疾病，

退不去你体内的高烧，除不了心间的困扰，

好身体，才有福消受。

恐惧缺憾长存心头，家又有何用？

那是为眼疾者送上的画，为痛风者贴的药膏！

壶内本就不净，将它装满，无异于空无一物！[①]

——贺拉斯

他像傻子一样，分不清酸甜苦辣。他仿佛患了感冒，品尝不了醇香的希腊美酒；又好似一匹骏马，不懂欣赏奢华富丽的马鞍。柏拉图有句箴言：健康、美丽、力量、财富，一切美好的东西，对正常人而言都是美好的，对不正常的人来说则是恶劣的，反之亦然。

进一步来说，若身体糟糕，精神也坏透了，那么再多的财富又有何用？身如针扎般痛楚，心中又满是苦涩，哪还有统御世界的精力和兴趣。一旦痛风开始折磨他的身心，皇帝之位又能怎样？即便他拥有：

数不尽的黄金白银。[②]

——提布卢斯

---

① 原文为拉丁语。
② 原文为拉丁语。

他还能在此刻想起他的那座宝殿，那些权力威严？一旦他被什么人惹恼，怒气冲天，这位君王难道就不会气得脸色发白，怒目以对，咬牙切齿像发疯了一样吗？倘若他出生高贵，又极富涵养，君王的身份能为他增添分毫幸福吗？

> 倘若你四肢健全，身体强壮，
> 王位也不能为你的幸福增添任何筹码。①
> 　　　　　　　　　　　　——贺拉斯

是的，他懂得，那一切不过是云淡风轻、不值得一提的事。或许他也同意国王塞勒科斯的话：真正懂得权杖之分量者，当权杖不幸落地，他只会对此不屑一顾。他在这里提及的权杖，自然是指权力之下重大而艰巨的职责。不过，管好自己尚且都如此困难，何况还要管理其他的人。至于命令他人的权力，听起来似乎是件美好的事情，能够耀武扬威，但绝大多数人都缺乏足够优秀的判断力，面对捉摸不透的新事物时，难免就很难做出决策，我非常赞同这一种观点：与带领别人相比，跟随别人要简单容易得多，也轻松愉快得多；走已有的路，只用管好自己，这无疑是一种最佳的精神放松。

因此，手握大权，治理国家，

---

① 原文为拉丁语。

不如从容镇定地跟随或服从。①

——卢克莱修

此外，居鲁士还认为：一个比服从命令者还要弱的人，不具备发号施令的资格。

不过，在色诺芬的记载中我们得知，国王希罗②有这样一句话：至于安然享乐，他们还不及普通百姓来得痛快。富足和慵懒将他们与常人能够品尝到的美味隔离开来。

美味吃得太多，胃也承受不了，

不顾一切爱得太疯狂，人也会厌烦。③

——奥维德

人们通常都会认为，唱诗班的那些孩子十分热爱音乐，实际上，他们也会因为唱得太多而深感厌倦。那些华丽的晚宴、舞会、化装舞会、比武大赛，不常参加的人、想看的人，他们自然乐意去看去参加；但时常参加的人看多了必然会觉得乏味、无聊。频频与女人交往的人，见到女人也很少再产生激情。总是随身携带饮品解渴的人，自然感受不到喝水的乐趣。街头艺术表演给路人带来快乐，但却让艺人们叫苦不迭，倍感辛苦。世界亦是如此，倘若君王

---

① 原文为拉丁语。
② 希罗，西西里岛叙拉古之王。
③ 原文为拉丁语。

们偶尔脱下权力的外衣，乔装成普通百姓体验下层生活，这也不乏是件乐事。

转换角色不失为君王贵族们的一大乐趣，
简屋陋室，没有挂壁红毯，远离金碧辉煌，
紧皱的眉头也会渐渐舒展开来。[①]

——贺拉斯

就这一个"多"字，难免常常让人厌烦和为难。土耳其的皇室深宫里佳丽三百，任由皇帝随意摆布，他还能有什么兴趣？先皇外出狩猎，必定跟随七千弓箭手，这又是何种狩猎，这样的打猎还能有什么兴致？

相反，这种大肆张扬的排场和气势，我认为，必定会使他们的安然享乐大打折扣：在众目睽睽之下，如何能放下所有顾虑尽情游乐？恐怕时时都得防止舆论风生水起吧。

不知是为何，人们似乎都更情愿君王们将自身的错误隐藏起来。因为某些错误若发生在我们身上，可以用失误的字眼糊弄过去，但若是犯在他们身上，必定会被百姓冠以蔑视法律、专制蛮横的名号。不仅要被他们如此中伤，似乎更有可能会掀起一股反抗和践踏律法的浪潮。

的确如此，在柏拉图的《高尔吉亚》一书中，他就将在城中胡作非为的人定义为专制独裁者。出于这一原因，将他们的错误暴露

① 原文为拉丁语。

出来告知天下，这就往往比错误本身更具杀伤力。人人都怕自己惹来非议，或遭受谴责，因为他的一举一动时刻都处于人们的眼球底下，百姓认为自己有权指指点点，也极有兴趣去品论一番。再者，污迹越显眼，看起来就越严重；额头上的疣赘就比别处的伤疤更为明显。

诗人们之所以在描绘朱庇特的爱情时总要将他换位乔装一番，也正是出于这个原因，在讲述他那众多的风流韵事时，唯有一件事是将他置于主神之位来讲的。

让我们再回过头来看看希罗国王。他曾经也表明，国王的身份让他失去了多少自由和欢乐，让他浑身充满了不自在，像个囚徒一样被关在宫中，每时每刻都跟随着一大堆讨厌的人。说句实话，我们那些君王，独自就餐时，身边还围绕着一大群各式各样的围观者，怎么也让我羡慕不起来，甚至对此倍感同情。

阿尔方斯国王声称，就这一点来讲，毛驴都要比国王的处境好：毛驴至少拥有自由自在吃饭的权利，国王却被自己的臣仆层层环绕，一点儿自由都没有。

我从不觉得一个健全的人需要二十个人来悉心照看，我并不认为他的生活会因此而更加舒服；我也从不认为，一个年金一万法郎，进攻过卡扎尔，驻守过锡耶纳的人，会选择一整个服务机构而不是选择一个经验丰富的好仆人，很显然，后者更合他意。

用名不副实来形容君王的特权，再也恰当不过了。无论权势大小，掌权者似乎都被称为王。当年，恺撒就用"小国王"的名号称呼法国所有具备司法权的领主。确实，除了这冠"陛下"的高帽，他们与国王之间似乎也相差无几。比如在布列塔尼，这些远离皇室的地域上，隐居于此的领主，随从、管家、马夫，各种司职各种礼仪应有尽有，所到之处无不前呼后拥；他有那么丰富的想象力，还有人比他更像君王吗？每每提及他的主公，仿佛在谈论波斯国王一样。而他之所以认可这位主公，不过是因为被随从记录在案的某种远方亲戚关系。说实话，我们的律法实在是比较宽松的，王权对一个贵族的影响一生也不会超过两次。真正能忠心效忠、俯首称臣的人，只有那些背负他人之情并甘愿以此换取名誉金钱的人。因为，一个人只要愿意深居简出，不问世事，不惹事端，掌管好自己的家族，他就会拥有与威尼斯大公同样的自由。"被奴隶身份约束的人没有多少，多的是甘为奴隶的人。[①]"

不过，希罗尤其比较注重这一个事实：他知道真挚的友谊是人生最甜美的果实，可他却看见自己并不拥有这些。我给予某个人的一切权利和成就，无论他是否愿意，我都通通赐予他，我是否能因此期盼他给予我美好的友谊呢？我是否能因为他对我的敬重，就在意他对我那恭敬的态度与和善的语言？对我心存畏惧的人所表露出的敬重，不能算作敬重；因为他敬重的是我的权势地位，并非是我这个人：

> 统御者获得的最大好处是，
> 百姓一边对你忍气吞声，

---

① 原文为拉丁语。

一边还得对你大加称颂。①

——塞涅卡

我所看到的事实就是，所有昏庸或明智的君王，无论是被人憎恨还是备受爱戴，都得到一致的赞颂声。不论是我的前任还是我的继承者，都会得到同等对待，享受同一种虚伪的敬重和假面的礼节。臣民并不对我恶语中伤，这并不意味着我就备受爱戴：他们是出于不得而为，那我又如何能将此看作爱戴？我的跟随者并不是出于与我有什么深厚的友谊：我们之间只限于泛泛之交，何谈什么友情？我的身份地位让我很难获得别人的友谊：差异太大了，无法交往。他们对我的追随仅仅是一种习惯，或是屈服于权力不得已而为之，说追随我，不如说追随我的财富声望，借以增加他们自己的价值。他们向我展示出的一切，所作、所为、所言，都是虚假的表象。我的威严时时刻刻限制他们的自由和权利，所以我眼中的一切都只是被遮盖住的假象。

某一日，朝臣们称颂皇帝朱里安公正贤明，对此他却说道："倘若这番话，是那些当我行为不公时敢于指责我的人说出来的，我想我会发自内心地感到自豪。"

君王能够享有的一切权力和优越之处，实际上与凡人别无两样（骑飞马、吃神馐仙肴那是神仙才有的福气）。他们也一样困了要睡觉，饿了要吃饭；他们佩带的刀剑也不比我们的坚韧多少；他们头

---

① 原文为拉丁语。

顶的皇冠还不如我们的斗篷既遮阳又挡雨。当然，我们也不乏备受爱戴又十分幸运的君王——戴克里先[1]皇帝，但他却扔下王冠，追随享乐而去。之后，他接到重返王位的邀请，臣民们纷纷表示国家需要他的治理，对此他说道："你们真应该亲眼见见，我栽下一大片整齐的树林，我种出种种香甜可口的瓜果，若你们品尝到我的果实，你们定不会再劝我了。"

阿那卡齐斯[2]指出，最好的治国之道，在于推崇善行，摒弃恶行，其他所有一律同等对待，不分轻重主次。

皮洛斯国王的谋士居奈斯极为高明，当他得知国王有意进攻意大利，他便刻意让国王感知这一宏伟计划所隐藏的虚荣心，便问国王：尊贵的陛下，您此次宏伟计划有何目的？国王回答说，让意大利为我上宰。那接下来呢？居奈斯又问。接着进攻高卢和西班牙，那一位说道。那么，再然后呢？主宰整个非洲，等我主宰了整个世界，我就放手休息去，去享受天伦之乐，过自由自在的日子。那么，尊贵的陛下，看在上帝的分儿上，请您告诉我，您为什么不现在就踏出这一步呢？您为什么不以当下为出发点，直接去实现您的梦想，去往您的休憩之地呢？这样也让您免遭这一路上数不尽的辛苦与危险呀。

他看不清欲望应有的界限，

---

[1] 戴克里先（245—313），古罗马皇帝。

[2] 阿那卡齐斯（前4世纪），古希腊哲学家。

不懂得真正的快乐止于何处。①

——卢克莱修

现在，我将以一句古诗作为这一章节的结束语，因为对于这一问题，我认为没有比它更合适的解释了："每个人的性格决定了每个人的命运。②"

---

① 原文为拉丁语。
② 科内利尤斯语，原文为拉丁语。

8. 论睡眠

　　我们在做事时理智地选择了恒心，而忽略了恒心之下事情进展的快慢。先哲们对感情似乎有严苛的标准，不允许人类的感情偏离正常的轨道，但是他可以在理智的控制下让感情去决定加快还是放慢自己的脚步，而不要变成一个在感情上迟钝呆板的怪物。就像是一个勇敢的将军，在战场冲锋陷阵时的脉搏肯定比他在就餐时的脉搏跳动得更快。甚至，他可能会激动和紧张。就因为这样，我每每看到面对重大事件和非常任务却一如既往镇定的大人物，心里无比佩服。

　　在亚历山大大帝与大流士即将激战之时的那个早晨，开战之时迫在眉睫，他却在营里呼呼大睡，在他的下属帕尔梅尼奥三番五次催促后，亚历山大才醒过来。

奥东皇帝也是一个这样的人。在他决定自刎的那个夜里，他把钱财分给了仆人们，磨快了用来自杀的剑刃；然后，他在等待同伴们安全撤离期间，竟然睡着了。就算面对即将结束生命的恐惧，他也照样睡得如此深沉，他的仆人竟然听到他熟睡的鼾声。

加图的死与这位奥东皇帝之死有许多相似之处，而加图的表现更令人惊讶：加图自杀之前，撤离了元老院的元老们，在等待元老们离开乌提卡①港的消息时，他却睡着了，他沉睡的呼吸声连隔壁都能听得见。当他的下属叫醒他，向他报告元老们遇到暴风雨难以起航的消息时，他又派出另外一个人，然后再次睡着，直到确定元老们已安全离开。

同亚历山大一样，加图表现得十分沉着。护民官梅特鲁斯想要趁卡提里那的骚乱发布命令，召庞培带兵回城，却只有加图一人反对梅特鲁斯的提议，并在元老院里与他起了冲突。因为有了梅特鲁斯的煽动，加图的遭遇陷入了非常危险的困境。加图的反对起不了任何作用，命令第二天就要实施了。那时，梅特鲁斯有强大的力量作后盾，有民众和偏向庞培的恺撒的支持，有外籍奴隶和刀剑手的拥护。相比，加图只有他自己的毅力。他的家人和一些社会上的正义之士都为他感到十分担心。在他的家庭里，他的妻子、姐妹非常伤心，哭泣不已，甚至有些人因为担忧他的命运而吃不下睡不好。可是加图呢，却反过来安慰大家。他的表现和往常一样，吃过晚饭，便上床睡觉，一直到一位行政长官署的同僚第二天早上来叫醒

---

① 乌提卡，北非迦太基西北的城市。

他，他才起床去参加这个充满争论的会议。我们不免感到奇怪，但是看到他今后一生中所表现出的勇气，我们就知道，他的大无畏精神是源于他有一颗远远超越这些事情的心灵，因为有了这样的心灵，即便不是这类关于生死的大事，而是些微不足道的小事，他也不愿意劳心伤神。

在西西里海战中，奥古斯都战胜了塞克斯图·庞培[①]。在这场战争开战前，奥古斯都竟然沉睡不起，以致他的同伴没办法获得战斗口号而无法开战。这个事情被马可·安东尼知道后，大肆指责奥古斯都，说他连看看自己军队阵容的勇气都没有，说他在阿格里巴[②]跑来报告获得胜利前都不敢见他的士兵。而和他一样的马略[③]，表现得更加让人失望（在同苏拉作战的最后一天，给部队下了命令，下达战斗口令和口号之后，他就在一处树荫下躺倒休息，结果死死地睡去，战斗情况一无所见，部下溃败逃跑也几乎未将他惊醒），有人会说因为战争多缺乏睡眠，营养也跟不上，导致他的身体吃不消。这个说法，医生们自会去研究睡觉是否影响人的寿命。但是，我们知道的事实是，罗马的马其顿国王佩尔塞乌斯之所以死亡，就是因为他睡眠的权利被人剥夺。可是普林尼曾提到过，即使有人不睡也活了很久。

据希罗多德史书记载，有的民族半年睡着，半年醒着。

哲人埃庇米尼得斯传记的作者说，他睡了五十七年。

---

① 塞克斯图·庞培（？—前35），庞培之子，恺撒死后追随元老派，任舰队司令。
② 阿格里巴（前63—前12），奥古斯都的亲信和女婿。
③ 马略（前157—前86），古罗马政治家、统帅，颇有战功，曾七度当选执政官。

9. 论年龄

对于现在人们预测寿命长度的方法，我姑且不予赞同。古代哲人的预算方法则较为不同，我见他们通常将寿命的预算减少很多。许多人曾阻止小加图自杀的行为，他回应道："我都这个年纪了，难道还有人说我死得太早吗？"可当时他仅有四十八岁。在他的观念里，这个年龄已经可以算作高龄了，因为许多人甚至还活不到这个成熟的年纪呢；有些人谈及这一点时说，依照通常所说的自然寿命——姑且这么称呼它——人是足够再多活上几个年头的；在宇宙的自然法则下，人人都难逃某些厄运和不测，倘若某个人十分幸运，可以躲避任何不幸，他就能再活得长一点儿，反之，他很可能比预期的时间提前一大截就寿终正寝。现在，随着年纪的增大而老死，这种死法逐渐越来越少见；将老死善终定为寿命的最终目标，哪能轻易就有这么好的事？现在我们只能用自然死亡这一名词来代替老死，说得就好像一个人不小心从高处摔死，不幸遇上海难身亡，得了瘟疫染上胸膜炎病死等这些都是非自然死亡，都是违反自然的一样，仿佛我们本就命不该绝，不应触这些霉头。千万别信这一套：或许本应将普通的、共同的、随处可见的东西称之为自然的。老死并不比其他死亡的发生要自然，它才是特殊罕见的死亡，是最不一般、最极端、最后的死法；它如此虚无缥缈，遥不可及，我们本不应有所期盼；这是自然法则规定的限制，是我们不可逾越的界限；倘若不小心活到了那个阶段，这也只是它给予我们的特殊照顾。这是它在两三百年的时间里，偶尔为寥寥几人准备的赦免和优待，让他在人生的漫漫路途中躲开一切致命的陷阱。

所以，我们应意识到，我们所能拥有的寿命长度已经优于常人了——要注意这一点。既然常人都很少能超越我们的年龄，那也就表明我们已经达到高寿了。既然我们已超越了通常所说的自然寿命，那就没必要再期望活得更久；我们眼睁睁地看着身边的人一个个远去，而自己却屡次逃离死神的召唤，那我们就应意识到，我们幸运地拥有命运神圣的庇护，而这种非比寻常的恩惠必然不会持续太久。

这种天马行空的幻想之所以存在，就源于律法本身的缺陷和弊端；旧罗马的律法规定，男子到二十五岁才对自己的财产具有支配权；二十五岁之前，对自己的生活尚且可以勉强支配。奥古斯特将这一规定中的年限减去了五年，并且规定年满三十就有资格担任法官一职。塞尔维乌斯·图利乌斯①将四十七岁以上人的服兵役免除；之后奥古斯特又将骑士兵役年限降至四十五岁。依我看，让男子在五十五岁或六十岁之前退休不大可行。倘若出于大众利益尽量延长工作年限，这一点我可以予以赞同；但另外一面的失误就理应改善或避免——我们应将从业的年龄提前。奥古斯特登上统御世界的大法官②宝座时才十九岁，要是现在，决定在什么地方装上个檐槽，还得年满三十岁才行。

在我看来，人在二十岁的时候，就已经能显示出所有的精力和活力了，将来能有什么样的成就也大致可以预测。倘若在这个年龄段还没能显露出自己的能量，那么今后也别指望能有所作为。这个时期正是展示人天性的美德和品质的最佳期限，倘若所有的力量和美好没能在此一时迸发出来，今后也就不会再有所展现。

多菲内③的人说道：

> 刚长出来的刺儿就不扎人，
> 今后也不可能会扎人。

就我所知，无论是古代现代，也无论是哪行哪业，人类的一切

---

① 塞尔维乌斯·图利乌斯（前578—前534），罗马第六任国王。

② 这里指奥古斯特在公元前44年，即他19岁时当上罗马执政官。

③ 多菲内，16世纪时法国东南部的一个地区。

丰功伟绩，多半可以被认为是三十岁之前所创造出来的；的确，许多人的一生中都体现出了这一点。像汉尼拔[1]及其宿敌西庇阿[2]的一生，不也正是这样吗？

他们生命里的名誉声望，多半都是踩着年轻时创造出的辉煌脚印而得来的；他们后来成了不起的人，都是奠定在牺牲别人的基础之上。当他们谈及自己时，一定会一致开口说，等过了这段年纪，我的身体也大不如以前了，精神也退步得多进步得少。当然，有许多人善于利用时间，随着年龄的增长，他们的经验和知识也累积得越多；然而，原本的活力、精力、毅力，以及某些人特有的重要品质和基本素质，统统都在逐渐衰退，越来越弱。

> 岁月的无情敲碎了我们的灵魂外壳，
>
> 坏掉的弹簧卡住了运作的机械，
>
> 头脑开始出问题，舌头和理智不断颠三倒四。[3]
>
> ——卢克莱修

有些时候，身体先衰于心灵；也有时，心灵先衰于肉体；我所知道的许多人，他们的头脑都比肠胃和腿脚衰老得更早；而这种现象越是不明显，自身就越察觉不到，危害性也就越大。我之所以这次埋怨律法的不足，并非是因为律法要求的工

---

① 汉尼拔在康奈战役中取胜时是 31 岁，他死时 64 岁。

② 西庇阿在扎玛战役中取胜时为 31 岁，他死时 52 岁。

③ 原文为拉丁语。

龄太久，而是在于它让我们开始的时间太晚。在我看来，生命实在是很脆弱，漫长的一生将会在无意中触礁多少次啊。想到这些，我实在是觉得，将大部分生命都用在出生、学习和休闲上，太不值得了。

10. 论良心

在内战时期的一次旅途中，我与我的兄弟勃鲁斯领主偶尔遇见一位英姿飒爽的贵族，实际上他属于我们敌对势力的那一方，但他隐藏得既巧妙又小心，我们完全没有发现。这也就是此类战争中最糟糕的事情，局势混乱，场面复杂，单从穿戴和外表来看，完全无法区分敌我，两方遵循的习俗相同，接受的律法相同，常用的语言相同，呼吸相同的空气，实在难以辨别。我最怕的，就是在陌生的地方碰见军队，这时就不得不报出姓名，生死只能靠运气了。过去我曾遭遇这样的事情，在那场不幸的灾难中，我不仅全军覆没，胜利者还残暴地杀害了一位意大利贵族，他是我精心栽培的一名宫廷侍从，这样一个年轻鲜活、充满希望的生命，转瞬间就在我眼前永远消失了。

不过，这位贵族很容易就会慌张不已，每每碰见骑马的人靠近自己，穿过这座忠诚的城镇，他都吓得昏死过去，经过我的一番推测，我终于认定他的恐惧是出于他的良心。这位年轻侍从认为，他内心深藏的秘密瞒不过任何人的眼睛，通过他的面具和大氅上的十字架，人们就能看穿他的企图。良心竟有如此微妙的力量！良心会推动我们反抗，促使我们战斗，引导我们控诉；在不被外界打扰、没有外界证明的情况下，良心会谴责我们，或追赶我们。

　　它像一名刽子手，手举一根无形的鞭子不断地抽打我们。①

　　　　　　　　　　　　　　　——尤维纳利斯

有这样一个老少皆知、耳熟能详的故事：贝苏斯，帕奥尼人，遭人斥责，说他故意杀害了一整窝小鸟，把鸟窝从树上打下来，而他却坚持强调自己没错，说这窝小鸟总是无端污蔑他是自己父亲的杀人凶手。事实上，这桩杀父案被隐藏得天衣无缝，直到那时也无人知晓真相；但在良心的不断谴责和申冤下，这个背负着犯罪包袱的人终日不得安宁，终于全盘崩溃。

　　柏拉图提出观点，说罪恶身后紧紧跟随的就是惩罚，这一说法遭遇了希西厄德的驳斥。他纠正道，罪恶与惩罚不分前后，是同时开始的。走在惩罚前面的人，就是在遭受惩罚；应该遭受惩罚的

---

① 原文为拉丁语。

人，就是暂时走在惩罚前面。邪恶为邪恶之人带来痛苦。

作恶者最受作恶之苦！①

正如蜇了人的胡蜂，受害更深的是自己，因为它至此永远失去了那根蜇人的刺。

伤害别人的同时，也丢掉了自己的性命。②

——维吉尔

源于大自然的矛盾法则，斑蝥在释放毒液的同时，自身也能分泌出一种与之相对的解毒素。同理，人在寻欢作恶时，即便感到短暂的快乐，良心上也同时会滋生出一种憎恶感，造成一种反向结果，引发出许多痛苦的联想，时时刻刻折磨自己。

这种作恶者不为少数，通过睡梦中的呓语，或谵妄里的胡言乱语，泄露出长期隐瞒的良心之下的罪恶。③

——卢克莱修

阿波罗多罗斯曾梦见过斯基泰人将自己活活剥了皮，扔进一口

---

① 原文为拉丁语。西方古代格言。
② 原文为拉丁语。
③ 原文为拉丁语。

沸腾的大锅里煮，他的心开始喃喃自语："是我造成了你所有的痛苦。"伊壁鸠鲁说："坏人无处躲藏，无论他们躲去哪里，良心的不安和谴责，都会将他们暴露出来。"

没有一名罪人能在自己的法庭上得到赦免，这才是主要的惩罚。①

——尤维纳利斯

良心让我们害怕、畏惧，也让我们坚强、勇敢。我可以说，我能在历经千难险阻的人生征途上步伐稳健，正是因为我的目标光明磊落，我的意图清晰明了。

内心充满希望，还是布满恐惧，完全取决于良心的判断。②

——奥维德

类似的例子举不胜举，只需举出同一个人物的三个例子。

一次，当着罗马人民的面，西庇阿被指控犯下某桩不小的罪行，而他不仅不去乞求原谅，也不去向法官求情，反而大声驳斥道："行啊，当初要不是靠我的势力，你们哪来资格审判别人？如

---

① 原文为拉丁语。
② 原文为拉丁语。

今倒好，竟然要把我送上审判台了。"

另一次，法院对他提起申诉，他从头到尾都没为自己申辩，只是滔滔不绝地自言自语："我的公民们，来吧，感谢上帝的恩惠吧，就是在今天这种日子，我征服了迦太基人。"语毕，他径直朝神庙跨步走去，而所有人紧随其后，连起诉他的人也在队列当中。

应加图的要求，人民法院再次传讯了西庇阿，要求他出示在安蒂奥克省所有的开支数据，为此，他并没有前往法院，而是来到元老院，拿出放在袖子里的账册，说所有收支都详细具体地记录在这本账册中；他并不同意将其转交至法院作为备存档案，他说自己绝不会自取其辱，于是当着众人的面，将这本账册撕了个粉碎。我并不认为这颗历经沧桑的心灵会弄虚作假。李维对他的评价就是天性豪爽，慷慨大方，气宇非凡，他绝不会低声下气地做出一副无辜的样子，绝不会做一个罪人。

苦刑这项发明太过危险，它与真情的验证毫无关系，而似乎是在验证人的耐性和毅力。可以忍耐苦刑的人会死守真相，无法忍耐苦刑的人同样也会隐瞒事实。痛苦的折磨可以逼迫我供认不讳，那么，它也有理由让我不承认事实。再者，倘若受到无端指责的人能够忍耐这种苦刑折磨，难道罪该万死的人就没有耐性忍受这种痛苦，以换取美好的生命报酬吗？

我始终相信，这一发明是以良心力量的思想为理论依据而建立起来的。因为，对于罪有应得的人来说，苦刑似乎能够让他变得软弱，坦言他的罪行；而对于无罪的人来说，他并不会由此畏惧，而会更顽强更坚定。说句实话，这方法实在是充满了危险性和未知性。

为了躲避难以忍受的痛苦，还有什么话说不出来，什么事做不出来呢？

　　　　痛苦会逼迫无辜的人说谎。[①]

　　　　　　　　　　　　——普布利流斯·西鲁斯

审判者之所以折磨人，目的就在于不让他含冤而死，而结果却是，那个人饱受折磨后含冤而死。万千受刑者的脑袋里满是虚假的忏悔。说到这里，我想起了菲洛特斯被亚历山大审判时的情形，想起了他备受摧残的受刑过程。在此，我特意要将菲洛特斯作为典范。然而仍旧有声音说，苦刑不过是懦弱的人类众多发明中，最少痛苦的一项发明。

就我看来，这发明是最无价值、最不人道的发明！在这方面，那些希腊和罗马口中野蛮人的国度，还远远不及希腊和罗马野蛮，它们认为，一个对自身错误还尚未明确、心存怀疑的人，对他的折磨或杀害都是十分凶残可怕的行为。你并不希望杀害一个无辜的人，但你的行为却比杀他还要残忍，你的公正呢？事情的确如此：他宁愿无数次地就这样死去，也不愿接受审讯而备受苦刑折磨，这远远比死刑还要难忍可怕，相当于在处决之前就让人落入生不如死的境地。

---

① 　原文为拉丁语。

下面这个故事我不记得是从哪儿听来的，但它的确真实地反映了良心的公正性。有一名村妇，她当着一位军队总司令兼大法官的面，声嘶力竭地控诉一名士兵，说她仅剩下的一丁点儿喂小孩的面糊被他抢去了，四周的村庄早已被这支军队洗劫一空。可是她却拿不出任何证据来。司令告诫这位妇女，说必须仔细考虑清楚她所说的话，因为倘若有诬告的嫌疑，就要付出相应的代价。她态度坚决，死不改口，于是司令下令剖开士兵的肚子以求真相。证据确凿，这位妇女没有说半句谎话。

11. 论身体力行

　　针对推理与学问这两种能力，即便我们有意给予其最大的信任，我们也不足以抵达行为的极限，我们的灵魂还需历经现实的考验和实践的锻炼，才能够坦然面对人生的艰辛历程；否则的话，一旦遭遇某种突发事件，我们的灵魂就会束手无策，无以应对。因此，试图取得更大成就的哲学家们，就不甘于躲在和平的庇护下等待命运的威逼，担心万一命途多舛，在这场人生战斗中，自己不过只是个经验匮乏的新手。他们越过事物的步伐，走在前面，主动迎接挑战和困难。有些人舍弃万贯家财，甘愿过清贫的日子，有些人节衣缩食，给别人做苦工，磨炼自己吃苦的意志。甚至还有人为了避免自己的意志和灵魂被声色犬马所腐化，甘愿舍弃最宝贵的身体器官，譬如眼睛、生殖器，等等。人的一生中，需要完成的最伟大的事业，就是死亡，对此我们却做不到身体力行。经验和习惯能够给人以磨炼，要他承受得起各种各样的痛苦，贫困、耻辱、病痛或其他厄运；然而，唯独只能经历一次，每个人在经历之时也都是新手——这就是死亡。

古人十分善于利用时间，对死亡充满兴趣，甚至一度尝试去体验死亡的滋味，他们全神贯注地研究死亡的旅途究竟是何般模样；可是，我们却没能等到他们归来的踪影，没法听到他们带回来的消息：

没有人在冰冷的死亡中安息后还能苏醒过来。[①]

——卢卡努

凯尤斯·朱利乌斯，这位稳重崇高的罗马贵族，在得知恶魔卡利古拉将他定为死罪后，他所表现出的那种不屈不挠着实令人折服。在刽子手即将对他行刑之时，他的某个哲学家朋友问他："凯尤斯，您能感觉到您的灵魂吗？此刻它怎么样了？它在做些什么？在想些什么？"他答道："我的头脑正专心致志地做准备，毫不分神；在这种转瞬即逝的死亡瞬间，我是否能看见灵魂出窍的那一幕，我的灵魂是否对之后的事有所感觉，若我能感知这一切，以后还有回来的可能，我会向我的朋友讲述这一切。"这个人对死亡的探讨——至死都还在进行哲学研究。在这种严肃的重要关头，还能

---

① 原文为拉丁语。

有思考其他问题的闲情逸致，将死亡作为终身课题，还有比这更勇敢、更自信、更值得骄傲的吗？

　　　咽气时他还在支配自己的灵魂。①

——卢卡努

　　但是，至今我都认为，一定有某种办法可以去体验死亡。我们可以尝试一些实验，即便很难做到完美且全面，但还不至于毫无用处——至少能让我们获得更多的自信，变得更加坚强。倘若无法亲自投身于死亡，至少能接近死亡，认识死亡；倘若无法进入死亡的国度，至少能看见甚至踏上通往死亡之国的大路。有人建议我们可以多观察人的睡眠状况，这的确不无道理，因为睡眠与死亡在某种程度上存有相似之处。

　　对我们而言，从清醒进入睡眠是多么容易！失去光明、失去自我，又有多么不在意！

　　让我们丧失行动力和感知觉，这正是睡眠的功能，看起来似乎是违背自然法则的，毫无任何好意，除非是自然在以此方法向我们证明它造物主的身份，让我们知道，自然是一切的创造者，生也如此，死亦如此；一旦我们被赋予生命，自然就已经准备好了我们此生之后的不朽状态，并向我们展现出来，以此避免我们产生某种恐惧心理，让我们尽早习惯这一切。

---

① 原文为拉丁语。

然而，就我看来，那些因遭遇突发事件而大受刺激，瞬间丧失知觉或突然心力衰竭的人，他们借此机会已经靠近了死亡的真相；在这转瞬即逝的过渡期，我们没有时间停下来细细品味，所以也不必担心有什么艰难或不快。痛苦是需要时间来感知的，死亡的瞬间如此短暂疾速，根本不容我们去感知痛苦的存在。我们唯一能体验到、也是唯一畏惧的，就是走向死亡。

许多事物在想象中都要比在现实中更夸张一些。在我的生命中，大部分时间还比较健康，甚至可以说是活力四射、精神焕发。在这种朝气蓬勃和乐观状态下，一想起疾病可能来临，我便不寒而栗。而当疾病真的降临于我，再回想起过去的那种畏惧，病痛显然就不足挂齿了。

每天我都会有这种感觉：倘若在某一个夜晚，我身处一间温暖舒适的房间里，屋外雷鸣电闪风雨交加，我就会不自觉地担忧起那些孤身野外的人；若我自己也遭遇风暴的侵袭，那我绝不愿再去其他什么地方。

我似乎并不能忍受日日夜夜独居一室，足不出户；倘若不得已要闭关一周或者一个月的时间，变得无精打采、萎靡颓废，我会发现自己在健康时对病人的同情，要远远胜于自己也在生病的时候；我在生病时，只会同情自己；在想象力的作用下，事情的本来面目会被夸大一倍。对于死亡，我希望我的想象力也能发挥这样的功能，让我不至于为此而大惊小怪，被死亡的恐惧彻底打垮；不管怎样，我们也不会让事情变得容易多少。

不记得是在第二次还是第三次宗教战争期间，有一次，我去往离家一里地之外的地方。那时法国爆发内战，我的住所正处于兵荒马乱的地带，但我并没觉得离家不远的地方会有什么危险，所以并没有特意携带什么武器披盔戴甲，只是顺手牵上一匹不算精壮但却容易驾驭的马。然而，回来的路上却发生了一点儿状况，我的马儿并不好对付，完全让我束手无策；我有一位身强力壮的仆人，他骑着一匹深棕色的骏马，没想那马儿更是生性暴烈，横冲直撞，完全不听他使唤；这个仆人与马儿较上劲来，硬要逞强，冲出同伴的队伍，策马扬鞭朝我这条小路疾奔过来，如巨人一般直将我和我的小马儿撞倒在地；我整个人飞出去十几步远，身上皮开肉绽，整个人仰面朝天昏死过去，我的马儿也被撞翻，倒在地上呻吟不已；我手中的宝剑也飞出十步以外，皮带也已断裂，浑身上下全无知觉，无法动弹，同一根木头没什么两样。

这是我有生以来第一次昏迷，也是唯一一次。我的同伴想尽办法试图让我醒过来，结果都没能成功，就以为我死了，花费不少力气把我从半里外抱回了家。

就这样，整整两个小时，我被人当成死人来看待；后来在路途中，我开始呼吸，身体也蠕动起来；我的胃部淤积了太多的血，所以体力被调动起来，压迫我吐了一口血。他们把我扶起来，就这样在路上来回折腾，我整整吐了一罐子的鲜血。之后，我的生命力也稍稍有所恢复。但是至此往后，我内心最原始的情感，似乎并不像之前那样接近生命，反倒离死亡要近得多。

因为灵魂尚未找到回归之路，惊慌失措，飘忽不定。①

——塔索

这一回忆是如此深刻，铭记于心，我似乎已经触摸到了死亡的脸孔，认识到死亡的真相，往后再碰见它，便不再觉得太突兀和生疏。当我接触死亡的目光时，我的视线开始变得暗淡、模糊、虚弱，只能辨别出光线来，除此以外别无他物。

眼睛忽而张开，忽而紧闭，人站在睡眠与清醒的半道上。②

——塔索

灵魂会与肉体做出同样的反应。我瞥见自己满身鲜血，大氅上也全是我吐的鲜血。我最先想到的是我的脑袋中了枪；的确，在我身边有几个人打出了几枪。我感觉到我的嘴唇已经让我的灵魂命悬一线；我缓慢地闭上双眼，仿佛正帮着那股力量将生命推出我的体外，懒散地享受着生命的逝去。你会感觉到灵魂与想象飘浮空中，同肉体其他部分一样纤弱温柔，实际上并没有痛苦难忍的感觉，反倒让你有种缓缓入睡的舒适感。

---

① 普罗佩斯（前47—15），古罗马诗人。引文原文为拉丁语。
② 原文为拉丁语。

人在愈渐衰弱的弥留之际也处于这种状态当中，对这一点我毫无怀疑；我还认为，平日里我们认为他们的身体痛不欲生或灵魂极度不安，并因此对他们心生怜悯，这也是没什么道理可言的。无论埃蒂纳·德·拉·博艾迪怎么认为，我的观点也向来如此，绝不改变。我们目睹有的人昏倒在地，不省人事，已经濒临死亡的边缘，或者常年卧病在床，或者突发中风，或者年迈衰竭。

　　一名病人抵不住病魔的暴力，像遭受雷殛，在我们的
眼前倒下；他口吐白沫，痛苦呻吟，四肢痉挛；他谵妄，
肌肉抽挛，挣扎，喘气，在全身乱颤中衰竭。[1]

——卢克莱修

　　或者头部遭遇重创，我们亲耳听到他们的痛苦呻吟，唉声叹气，哀怨刺耳，认为这些声音和举止正是他们身体的反应；我也会认为，不管是他们的灵魂还是躯体，都已陷入了昏迷之中。

　　他活着，但是他本人意识不到自己活着。[2]

——奥维德

---

[1]　原文为拉丁语。
[2]　原文为拉丁语。

我无法相信，当一个人的身体和感知遭受如此重创，受到这样的摧残后，他的灵魂中自我感觉的能量还能保留下来；我也无法相信，他们的理智还能幸存下来，还有机会去感知痛苦，感知如此悲惨的境遇，所以，在我看来，他们没什么值得同情的。

人的灵魂痛苦至极，却又无从宣泄无以表达，世上还有什么事比这更让人恐惧、更觉得难受吗？这正如我说过的，那些跪在行刑台上被割了舌头的人，一脸严肃且呆滞的表情，又只能沉默不语，这简直就是一幅最形象的死亡之图。这些可怜的囚犯们，被这个时代最凶狠残暴的刽子手士兵反复折磨，忍受五花八门的残酷苦刑，屈服于骇人听闻的威逼敲诈，而与此同时，出于他们那种身份和地位的顾虑，对受尽苦难的痛楚却无从表露，所有的思想也没有表达的出口。

> 诗人却创造了一些神，给那些慢慢死去的人说出心里的想法，遵照神的旨意，我把这根神圣的头发带给普路托，我让你摆脱你的躯体。[1]
>
> ——维吉尔

逼供者贴着他们的耳朵大呼大叫，声音震耳欲聋；他们不得已做出几声断断续续的回答，发出一些短促的声音，被逼做出类似于招供的动作，这都不足以表明他们仍旧拥有生命，至少不能说是拥有完

---

① 原文为拉丁语。

整的生命。当我们站在昏睡的入口处，四周一切都宛若梦中，看不见也听不清，所有的画面朦朦胧胧，声音缥缈不定，在无意中喃喃自语，仿佛徘徊在灵魂的边缘；而且，别人在耳边说的最后几句话，即便是做了回答，那也多半是胡诌乱语，真正有意义的没两句。

此刻即便我有了一些经验，我也坚信，那时我所做出的判断是错误的。第一，昏倒的那一刻我拼命用指甲撕烂我的贴身衣（紧身衣和盔甲早已凌乱不堪），记忆中似乎也并无丝毫疼痛感，因为做出的许多肢体动作并非源于大脑发出的指令。

半死不活时，手指痉挛抽动，抓住了那把剑。[①]

——维吉尔

跌倒的人在着地前必会先伸出双臂，这是本性使然，是一种本能反应，表明人的肢体动作有时并不处于理性的控制之下，而自动自发地配合一致。

也有报告声称，战场上被刀剑斩断的四肢，散落在地仍旧抽动几下，一切发生得如此迅速，以至于灵魂和躯体尚未来得及感知痛苦和伤害。[②]

——卢克莱修

---

① 原文为拉丁语。
② 原文为拉丁语。

我的胃里慢慢地充斥着瘀血，双手不自觉地轻抚着腹部，不受任何理性控制，像在挠痒一般。有些动物丧命之后，我们还能看见它们的肌肉在抽动或伸缩，甚至在人身上也不例外。我想每个人都有过这种经历：有的身体部分偶尔会不受控制地抖动、举起或放下。这些动作不能被称为我们真正的举动，它只是流于表面，处在理性的范围之外；动作之所以能成为我们真正的举动，就必须要让思想和行为协调一致，全身心地投入进去；睡眠期间手脚感受到的痛，就不能称之为我们的痛。

　　我还未抵达家中，我从马背上摔下来的消息就已先我而去。离家不远处的地方，我看见我的家人奔过来迎接我，一个个惊慌失措，大呼小叫的。后来他们告诉我，我不仅仅回答了别人的问话，看到妻子步履踉跄地在崎岖不平的小路上朝我奔过来，还说要给她备一匹马。这些看起来好像是头脑清醒的人才会顾虑到的，而我压根就算不上清醒。实际上，这些想法是飘忽的，是无意识的，并非是我的理性发出的指令，而是由耳目的感知觉自发引起的。我并不清楚自己发生了什么，从哪里来，去往哪里，也没办法仔细斟酌别人的话语。这像是出于习惯而做出的举动，只是一种由感觉而引发的轻微反应；宛如在梦境中，只留下一抹浅浅的、水一般的痕迹，灵魂发挥的作用微乎其微。

　　不过，实际上我的心情并没有丝毫的跌宕起伏，我不为自己惋惜，也不因他人难过；这是一种疲惫至极的状态，一种极度的虚弱，但不掺杂一丝痛苦。我的房屋映入我的眼帘，但我不认识它。别人放下我，让我躺在床上时，我感觉到一种极为甜蜜的舒适感，感到我开始了一次最美好的休息；这些可怜人儿把我折磨得够累，我就这样被他们抬得走了不近的路，一路上坑坑洼洼，他们轮番换了两三次手，才大费周章地把我给折腾回来。

他们不断给我送上许多药丸，我却通通拒绝，我固执地认为头部遭受了致命创伤。说心里话，我觉得这种死法还是比较幸福的；因为身体的极度虚弱让我感知不到一切痛苦，而理智的受损也让我不用对任何事情斟酌判断。我任由自己飘飘然，在迷糊的意志下怡然自得地晃荡，觉得没有任何状态比现在这样更轻柔、更舒服了。两三个小时后，我的力气渐渐恢复，我的灵魂也回到了我的身体内。

终于，我感觉活力重新回到我的身上。[①]

——奥维德

我又活了过来，而此时，我立刻回想到从马背上坠落的痛苦，记起跌倒在地、四肢挫裂时的苦不堪言，而接下来的几个夜晚，我都被这种感觉折磨得难以入睡，仿佛又死了一次，但这一次却没能死得那么舒适宁静，现在回想起来，那些辗转反侧的画面还历历在目。

我并不想忘记这一切，对这桩事故的回忆就是我所能记得的最后一件事了；在我的意识清醒之前，我从哪儿来，到哪儿去，事情

---

① 原文为拉丁语。

是何时发生的，等等，这些都要别人不断地重复提醒我；而关于我是如何摔下马的，他们将事实隐藏了起来，另外编了个故事，为了包庇那个撞倒我的倒霉鬼。然而，就在第二天，我的意识渐渐清醒，记忆开始恢复，我的脑海里渐渐浮起了那匹马撞倒我时的情形（我看见那匹马儿紧跟着自己撞过来，以为自己已经没命了，这种想法突如其来，以至根本没时间去感受害怕），这就仿佛一道闪电突然击中了我，整个灵魂都会为之一颤，好像我来自于另一个世界一样。

不过，就算我记起这件事也没什么意义，它不能说明什么问题，只是让我从中获得自己想要的体会。实际上，在我看来，要想习惯死亡，就必须最大限度地靠近死亡。普林尼说过，每个人都能从自己身上学习到某些收获，他只需要就近观察。这里我们并不是在谈我的学识，而是说我的研究；这并非是给别人讲了什么道理，而是让我自己学到了某些知识。

我写下了我学到的这些知识，我想，我不会被人们责难。某些知识对我有用，我想对别人可能也会有用。我也没有破坏或践踏什么东西，我只是将自己的东西利用起来。倘若我是在做蠢事，那么唯一伤害到的也就只是我自己，毫不影响他人的利益。因为，我心中仅存的一点儿念想和奢望就在于此，事情已经过去了，也无须在意后果。我们都清楚，古人中曾在这方面摸索探究过的也寥寥无几。除了他们的名字以外，我们对其他也一无所知，无法判断我这次的体验是否与他们的相似。自那时起，也没有人再追随他们的脚步而去。细想一番，捕捉飘忽不定的灵魂，探出漆黑一片的心灵空间，抓取闪烁不断的细微瞬间，这种尝试的确比表面上看起来复杂得多，也棘手得多。当然，从某一方面来说，这也是种不同寻常的新颖的消遣方式，让我们从平日里忙碌不已的工作中解脱——的确，甚至让我们放下迫切要完成的任务，先关注起它来。有几年的时间，我所研究和检验的对象只是我自己，我的目标也只在于我自己的思想；倘若我研究别的事，那也只是为了在自己身上验证——更精确地说，是在自己的心中检验它。我认为这种做法不会错，就像在许多不进行比较就无法彰显出其作用的学识中，我将自己的习得完全展示出来，即便此刻取得的成果并不能让我满意。与所有其他的描述比起来，自我描述明显要更困难，不过也更具意义。一个人必须要对着镜子仔细端详，梳妆打扮一番，才肯出门。我反复地自我描绘，也不断地修饰装点自己。炫耀总是与自我吹嘘结伴而行，难免令人反感生厌，出于习惯，高声谈论自己历来都被视为一种恶习，遭人鄙夷。

　　给孩子擤鼻涕，结果却拧坏了他的鼻子。
　　怕犯错，却犯下罪恶。[1]

　　在我看来，这一药剂的弊端远远大于益处。然而，若你在人前谈论自己，必定会被视为自大狂妄；对我来说，以我的总体计划为依据，我不会隐瞒自己内心的一种病态品质，也不会掩饰我在工作

---

[1] 原文为拉丁语。引自贺拉斯《诗艺》。

中和生活习惯上存在的这种缺点。不管怎样，如果要我谈谈自己的看法，我会说，因为喝醉了酒而指责酒的不是，这是不合理的行为。有这样一条规则——人只会对好的东西毫不节制——这仅仅只针对酗酒。拿绳子来是套牛用的，我们知道的那些滔滔不绝的圣贤，那些神学家和哲人，他们从不会用以捆绑自己。

即便很难说清楚我属于哪类人，但我也不需要绳子。他们只是尚未谈及自己，只要时机成熟，他们就会毫不迟疑地将自己展现于众目睽睽之下。苏格拉底有没有谈什么超过谈他自己？他教导学生谈论的内容，有没有超过谈论他们自己？当然没有，他们并不谈论书本上的知识，而只探讨他们灵魂深处的骚动和心灵暗藏的本质。我们在上帝和牧师面前，虔诚地谈论自己，反省和忏悔自己的行为，而新教徒则当着众人的面开诚布公地谈论自己。不过，也会有人说，他们只谈及自己犯过的错误。我们的谈论没有任何限制，美德也会谈，因为即便是再高贵的品质也会有缺憾，也需要反省忏悔。

我的工作就在于生活，它是我追求的艺术。谁阻止我凭借自己的感觉、习惯和经验去谈论生活，仿佛他在要求一位建筑师听从邻居的建议，而不是凭借自己的见解和知识来谈论建筑一样。倘若谈论自己就代表自大，那么西塞罗和霍尔坦西厄斯，又都虚心地称对方的辩才比自己要好，这又做何解释？

或许他们希望我不要大谈空话，而是拿出自己的行动和作品来做出证明。但我所描述的，主要是一种虚无的非实物——我的思想——无形无体，这很难付诸言语的描绘，更别说用行动表达了。

许多圣贤之人在生命中并没留下什么丰功伟绩，而我留下的显著事迹，就在于我对命运的探讨要多于我对自己的谈论。它们所证明的是各自的价值，而并非是我的价值，即便偶然起到些作用，那也只是个暂时的特例。我将自己赤裸裸地展现给众人：这纯粹就是一具骷髅，血管静脉根根分明，肌肉骨骼一目了然，每一个器官都在它对应的位置上。咳嗽一下，对应的那部分身体就做出反应，心跳和面色苍白又对应着各自的身体部位，模模糊糊地显示出来。

我并非要在这里描写我的动作举止，我所要说的，是我自身以及我的本质。我认为，在谈论自己时要严谨慎重，提供论证时要认真仔细，无论褒扬或贬低，都应同等对待。我认为自己有智慧、心地善良，我就会大声说出来；故意少说，或者不说，这并非是谦虚，而是愚蠢。亚里士多德说过，低估自己是怯懦和吝啬。虚伪成不了美德，真实从来不是错误。高估自己，并不总意味着自负，多半还是出于愚蠢。过分沾沾自喜，不恰当地自怜自恋，按我的看法，才是这种恶习的本质。

如何改善自恋这个恶习？最好的办法莫过于反其道而行，意思就是，说话尽量不要谈论到自己身上来，更不要想到自己。思维中的骄傲是不可估量的，语言的作用其实十分微不足道。有些人会认为，独自过日子无异于孤芳自赏，自思自量也是自恋的行为。这样的评价其实还很中肯。但这只是针对那些对自己要求甚低，靠整日的幻想和懒散而满足的人，还有事后聪明的人与自我膨胀和向往空中楼阁的人：总而言之，自恋就是把自己看作不同于自己的第三者。

如果有谁陶醉在自我中无法自拔，又贬低别人，那么请让他把眼光放到几千年之前的历史上，那些杰出又优秀的英雄豪杰会让他羞得无地自容。倘若他把自己当作英勇善战的人，那就让他读读两位西庇阿的传记和那些军队与民族英雄的历史，他会觉得自己离英勇相差甚远。一个人不是只拥有一种品质就能够让人踌躇满志，他还必须同时记得自身的弱点和缺陷，最后还不要忘记人生只是一场虚妄的梦。

　　只有苏格拉底曾经严肃探究过上帝的教诲——人要自知。只有通过这样的研究才会发现，能接受自己对自己的批评和贬低，才称得上是贤人。也只有勇敢地剖析自己，才能算作自知。

12. 论自命不凡

一旦我们骄傲于自己的某项特殊才能，就会变得格外追求荣誉。这是一种出于本能的爱的体现，一种发自内心且无法拒绝的爱，它让我们对自己的认识与实际情况产生严重分歧：这就好比爱情能赐予被爱者美丽的面容和优雅的举止一样，与此同时，它还会使我们迷失方向，无法做出理智的判断；我们往往会沉溺在甜蜜的恋情中无法自拔，把所爱的对象看得与实际毫不相符，甚至趋于完美。

我并不希望一个人因为极度恐惧而刻意逃避这样的错误，从而更加看轻自己，也不希望他认为以后的生活会比现在更糟。自我评价应该在任何情况下都公平公正：我们应实事求是地看待每一件事。倘若是恺撒，随他大胆地认为自己就是统治整个宇宙的元帅。

我们所在乎的只是外表，而这些绚烂的外表只会蒙蔽我们的双眼，让我们无法看清事实的真正面目；我们拥有了树枝，就抛弃树干和主体了。许多女士在讨论一些私密问题时常常脸红害羞，小心翼翼，可她们在做这些事情的时候却大大方方，毫不扭捏；我们不敢直言不讳地说出某些器官的名称，却毫无羞耻地用这些器官去干各种淫秽的勾当。我们完全服从于体面的外表，它让我们闭口不谈那些合理合法的事物；而我们也从不理会理智，尽管它严禁我们做任何一点儿违反法律或违背良心的事。我觉得在这样的处境下，体面的规范制度让我们捆绑住了自己，它既不能让我们夸夸其谈，也不准我们闭口不谈。对此我感到十分无言。

许多人因为命运（看你自己认为是好的还是坏的命运）而光宗耀祖、腰缠万贯，他们公开宣告自己的所有行程，以此向世人炫耀自己的财富。当然，也有一部分人十分低调，从不显露自己的任何才能或财富，一生默默无闻，倘若他们自己不谈论，那么就不会有人知道。即使有一天他们迫不得已一定要说，那也是情有可原的，例如卢齐利乌斯[1]，他就是这方面的最好榜样：

> 书本就像他忠实的同伴，
>
> 只有它才知道他的秘密与历史，
>
> 他把所有成功或失败的故事讲给书本：
>
> 这样，老人的一生全都展现出来了，

---

[1]　卢齐利乌斯（约前148—约前103），古罗马讽刺诗人，讽刺诗的首创者。

犹如写在还愿板上的故事那般清晰。①

——贺拉斯

这个人用他的笔记录下了自己日常的生活习惯和头脑中任何一闪而过的思绪，并根据自己的感觉画出了一个模型。"卢齐利乌斯和斯考鲁斯并没有因此而遭受怀疑，也没有因此而遭受谴责。②"

我由此联想到自己年幼的时候，身边的人会指出我不同于别人的异常行为，可这些也是我无法做出合理解释的，这样的举止让我觉得自己格外特殊，心理上有种幼稚的自豪感。对此，我首先想说，这并不值得惊奇，因为每个人都会有与生俱来的、不同于别人的技能和倾向，它们在我们身上扎根生长，而我们本身对此毫无意识。在这种虚幻而神秘的自然倾向下，我们就会在成长的过程中渐渐培养出某种独特的思想或行为，这就是所谓的习惯。看到自己的美丽外表而因此装模作样，致使亚历山大大帝的脑袋向一侧倾斜，让亚西比德说话无精打采、力不从心。朱利乌斯·恺撒显得闷闷不乐，总是用一个手指搔头；而西塞罗显然生来就有看轻别人的习惯，因为他总是揉鼻子。所有这些细节动作都会在我们毫不知情的情况下自然而然地产生，我就不在这长篇大论了，打个比方，例如男子的敬礼和女子的行屈膝礼，这样的

---

① 原文为拉丁语。
② 原文为拉丁语。塔西佗语。

动作往往会给我们带来不该属于我们的名声，其中既有谦虚礼貌的文明人，却也难免存在阿谀奉承的奸诈小人。我喜欢的礼节是脱帽，尤其在夏天会特别喜欢。除开我的奴婢，凡有人对我行礼，无论是何种身份的人，我都会礼貌地还礼。但是，我还是期望我接触的少数亲王不以此行礼，倘若一定要，那就保持高度的谨慎，因为倘若每看见一个人都要脱帽，这样的礼节实际上是起不到任何作用。因为若是不加任何区分地将其用于各种人群，它就会失去本身的价值和意义。说到异于常人的行为，我们要深深地记住罗马皇帝君士坦提乌斯一世的傲慢态度。从不回头，从不低头，从不斜视观看道路两旁的欢迎队伍，他始终保持同一种姿势，即使马车之上难免颠簸，他也从不会有任何多余的动作，不吐痰，不擦鼻涕，也不擦拭脸上的汗水。

别人指出的我的这些习惯，究竟是天生使然还是后天培养而成，我也并不清楚，至少我对自己的坏习惯没有刻意隐瞒，这点我是愿意承认的，所以，我无法对自己的行为举止负任何责任。然而，只要是有关灵魂的行为，我都愿意奉献和分享自己的全部想法。

让人们感到骄傲的原因有两点：一是把自己看得太重，二是把别人看得太轻。说到第一个原因，我认为我应该首先提出一点儿自己的感觉：我时常觉得心里有一种莫名的压力，这种压力来源于我的迷茫，它让我感到十分难受，因为我无法找出病因，无法对症下药，它每天都跟在我身边，如影随形。我尝试过许多办法，却还是无法将它彻底根除。事实上，我一直都在低调处事，自己所拥有的一切从不高谈阔论或做出夸张的评价。我反而会去提高别人的、不存在的或者不属于自己东西的价值。这样的感觉使我越来越迷茫。好比丈夫会产生看轻自己妻子的意识，父亲会产生看不起自己亲生儿子的意识一样。我在两部同等价值的著作前，总是会更加严厉地对待自己的著作。这并不是因为自己的完美主义在作祟，才不能对自己的作品有公正的评价，这样的感觉就好比你会轻视自己已经占有和能够自由支配的东西一样。其他国家的习俗和语言十分吸引我。拉丁语能让我产生崇高的敬意，甚至远远超过了它本身该得到的敬意，这一层面我同孩子还有民众持有相同的观点。我十分看好自己邻居的所有东西，不管是房屋或是马匹，甚至在财产管理方面我都觉得他们略胜一筹，原因只在于它们不属于我。很多时候我非常无措，不知道自己该干什么，能够干什么，我只能眼睁睁地看着别人胜利、满足、幸福，自己却始终无动于衷。这种无能为力的感觉，使我开始不相信自己，做什么我都抱着不确定的态度。我在处理一件事情前完全找不到动力和目标，只有在事情落定之后，才会回过头去将事情彻底看清：我犹如一个刚刚接触力量的人，显得那么愚笨和无知。所以，我一直认定，事情的完成都是侥幸得来的，并非是通过自己的努力所获得。我的心里十分恐惧，也不禁后怕，总是向上天祈祷好运赶快降临。由此我产生了一个这样的特点：在古代优秀诗人对我们的评价中，我最希望看到的是那些直言不讳予以贬低或侮辱的尖锐评价。我认为，哲学一旦展现它的妥协、优柔寡断、不言不语，必定就是在严厉制止我们的一切虚伪和傲慢。我肯定的是，人对自己的过高评价，也就是整个社会和个人最大的谬误根源。我认为，同医治牙齿的医生一样可恶的，是那些骑在水星的本轮①上，探究宇宙深处的人。我的研究对象通常都是人类，关于这个客体的看法多种多样，我在研究期间遇到过许多头疼的问题，这些问题就像理不清的迷宫，在这个充满智慧的地方，藏着许多令人纠结的矛盾和怀疑，那么我们就这样理解，既然这些人无法了解自己，也看不清存在他们周围的状况和现实，既然弄不懂让其发生运动的东西是怎样一种运动，也不懂如何描述和理解他们拥有并使用的弹簧的作用。我又如何相信他们口中的第八个行星运行的具体原因以及尼罗河的涨潮落潮的原因呢？《圣经》中讲道，让人们萌生好奇心的事物，无疑就是一种祸患。

让我再回过头来重新谈谈自己。我觉得，要找到一个对自己评价很低的人，或者找一个评价我比我对自己的评价还低的人，这实在十分困难。

我一直把自己视为常人，我认为我与其他人的不同就是，我十分清楚自己的缺陷所在，而且我觉得这些缺陷比普遍存在的缺陷恶劣得多，但我从不对它们予以严苛的否定，也不替它们做无谓的辩解。我完全认同自己，知晓自己的价值所在，所以我毫不自卑，反而十分欣赏自己。

倘若我显示出骄傲自大，那也只是一种假面的表象，完全因为一时兴起所导致。它们对于我来说根本不值一提，我从不把它们放在眼里。

---

① 本轮是地心宇宙体系中行星运行所沿的辅助图。

它们只是浇湿了我，并没有让我染色。

的确，谈到思想的产物，无论它是由什么构成，我身上就从来没有出现过让我真正满意的东西，即使是别人真诚的称赞我也不会感到开心。我所做的评论都是极为严谨而苛刻的，尤其在自己身上更是显露无遗。我一直在不断地否定自己，我时常有一种感觉，正是一种软弱的意志致使我变得如此摇摆不定，逼得我步步后退。我的理智很难满足，至今都没有任何东西能让我由衷肯定。我看得十分明白，但一旦我接触某件事情之后，我就会犹豫不决，我的视线也变得异常模糊，在我尝试对诗歌进行透彻的了解时，这种情况愈加明显。我十分喜爱诗歌，我能通过一首诗读到作者的所有思想，可一旦自己动手作诗，我顿时会变成一个三岁孩童，根本无法容忍自己。在其他事情上我可以一知半解，可在诗歌上我决不妥协。

> 神祇、群众、展示诗人作品的海报柱，
> 都绝不允许诗人头上顶着平庸的帽子。[1]

　　　　　　　　　　　　　　——贺拉斯

我们应该把这句警言张贴在所有出版社的店面前，以此来劝告那些假冒的诗人踏入其内。

---

① 原文为拉丁语。

没有人能像虚伪的诗人那样自信满满。①

——马尔希埃

　　为什么像这种理解能力的民族，现在已经灰飞烟灭了呢？大狄奥尼西奥斯②对自己的诗歌有非常高的评价，并且这也是最值得他骄傲的地方。在奥林匹亚竞技会期间，他不仅派出了非常华丽的马车，更是请了诗人和乐师来演奏他写的诗歌，而且带过去的营帐装饰得就像帝王的一样华贵，到处金碧辉煌。当轮到他来朗诵诗歌时，群众的耳朵立刻被优雅、华丽的诗歌吸引过来，但是后来他们发现，他所写的诗歌毫无才气可言，简直如同嚼蜡一般索然无味。群众发出不满的声音，给予的评论也越来越刻薄。最后，群众蜂拥过来推倒他，撕碎他华丽的帐篷。在比赛中，他的马车也没有取得好成绩，而回去时他的手下所乘坐的船只，也遭到暴风雨的袭击，没能顺利地返回西西里岛，而被冲到了塔兰托附近的海岸上，船身都碎得四分五裂，群众认为，他惹恼了神祇，那种愤怒就像是他们对大狄奥尼西奥斯蹩脚的诗歌的愤怒一样。而且，此次幸存下来的水手们也十分赞同这样的看法。

　　同这种看法不约而同的看法，就是预言大狄奥尼西奥斯即将死去的神谕。神谕中指出，大狄奥尼西奥斯把敌人全部消灭后的那一

---

① 原文为拉丁语。
② 大狄奥尼西奥斯（约前430—前367），古希腊叙拉古僭主，在篡权后扩充权力，使叙拉古成为希腊本土以西强大的城邦。

天，也就是他的死期。而他则认为神谕中所指的迦太基人是比他还要强大百倍的人。在战争中，他刻意打乱已经拟订好的计划，中途停顿或者有意回避，以便使这个预言无法成功。不过，他把神的旨意领会错误了，因为神所指的是不同于一般的特殊情况——指他后来通过行贿这样不光明的手段，战胜了那些名副其实的优秀的悲剧诗人，从而让他实现在雅典上演自己的悲剧作品——《莱内尼亚人》。在这之后，他就突然毙命了，很大一部分原因都在于他兴奋过头。

倘若别人看到我做的这些事情，予以赞同和表扬，那么我认为我是可以被自己原谅和接受的，因为我不能单从它本身而言，也不能把它当作争辩的借口，只能拿它和更坏的东西相比较。我十分妒忌某些人的幸福，他们会因为自己的所作所为而感到心满意足，从不贪图不属于自己的东西。这是获得快乐的最便捷途径，因为这样的快乐是你自己带来的，倘若你十分信任自己，那就更应如此。在我认识的诗人中，不论他是七旬老人还是稚嫩儿童，不论他是独处还是与大家一同欢闹，他都无时无刻不在叫喊，对老天、对大地述说自己对诗歌的一无所知。不过他还是坚持自己的思想，坚定不移地前进着。他持续做着之前未完成的事情，不断地修改加工，废寝忘食，不分昼夜。他只有自己可以依靠，他的所有思想都必须靠自己来支撑，所以他从不对自己的看法产生一丝一毫的怀疑，他百折不挠，坚持不懈。而我是如何看待自己作品的呢？它们不仅不会使我产生愉悦的心情，反而每次在看见或触摸它们时，还会无比懊恼和悔恨：

当我再次阅读时，

真想把其中很多段落、字句全部删除。

我实在无法忍受自己曾经犯过这等错误。①

——奥维德

　　我时常觉得自己仿佛置身梦境，因为我的内心总有一种相对模糊的思想，我觉得以这种形式存在的思想要比我实践时所采用的形式好太多了，可我无法深究，更无法把它据为己有，运用自如。其实我知道，这样的想法十分恶劣。我联想到，原来不管我的思想再多么天马行空，都是无法同古代哲学家的灵魂产物相提并论的。他们的著作不仅可以使我们感到充实和知足，同时还给我带来前所未有的惊喜。我能清清楚楚地看明白它们的美，即使有时我看得不那么全面，但至少已认识到这样的水平，那是我无论做何种努力也无法抵达的层面。我无论做何种事情，都必须牵扯到美惠女神，好像普鲁塔克与别人②交谈时，总是抱着博得她们青睐的心态一样。

　　美惠女神，

　　那个能给我们带来一切欢喜、一切愉悦的人。③

---

① 　原文为拉丁语。

② 　指色诺克拉底。

③ 　原文为拉丁语，作者不详。

我被她们所抛弃。我写不出十分优美的句子，整篇文章都十分粗糙。我不会让自己所描写的事物超过它原有的价值。我的加工也不会使素材变得多么有吸引力。所以，我选择的素材必须要有好的质量，这样的作品才能让人青睐，有独特的味道。我更喜欢用朴实而引人入胜的方式去处理题材，因为我不喜欢全世界的想法都那么迂腐和悲伤。我这样做仅仅是为了满足自己，而不是刻意将风格变得活泼轻快，因为我的风格更倾向于严肃谨慎（如果给我的风格下个定义，则可以称它们为无规则的和不定型的话语，或者就像是阿马法尼乌斯和拉比里乌斯①说的话那样，无题目、无段落、无结论的叙述，简直就是乱七八糟、杂乱无章）。我不擅长取悦他人，让他人开心，也不懂得如何激发别人的想象力：只怕世界上再好的故事到了我手里，也只能变得索然无味。我只谈论已经规划完全的计划，我觉得自己并不具备同行业其他人的特质——善于和陌生人交谈，让那些人折服在他们的高深理论下，他们喜欢不厌其烦地一再重复；或者让一位君王完全信任他们，把他的所有权威交付于他们手中，任由他们支配和发令。他们可以抓住每一个话题进行无限的扩展和延伸，尴尬或者沉默永远都不会出现在他们的生活里。我其实并不太喜欢讲幽默风趣的故事，就好像君王从不喜欢严肃的交谈。脑海里第一时间想到的、最容易想到的理由，通常都是最具说服力的理由，但我却不会利用这个东西，也许这就是我不善于面对

---

① 阿马法尼乌斯和拉比里乌斯是西塞罗的《学术问题》中的两个人物，西塞罗指责他们缺乏审美力和批判能力。

公众说话的原因吧。不管我谈及哪种题材，我总希望可以说出我所了解的、最复杂的东西。西塞罗认为，哲学论著的引言是最难的部分。不管是否的确如此，在我看来，最难的部分是结论。

一般来说，演奏乐器要善于调节弦音，让它发出各种各样的音调；而高音部分往往充当音调的配角。往往举起较轻的物品要比举起重物更为灵巧。有时对待事情，只要对其一知半解就足够了，有时却要深究其中的原因。我也能清楚地知道，大部分人都属于比较低的层级，只是通过外表来判断事物的内在，但我也明白，一些伟大的哲学家，像色诺芬和柏拉图这样的大师往往会放下身段，站在最普通的老百姓角度上来探讨各种事情，并用他们的方式来增加这种说话方式的优雅度。

但是，我的言语往往都是尖酸刻薄的，从未有过通俗文雅的特性，我完全按照自己的思想支配情结，不受任何制度约束；我十分喜欢这样随意的语言，即使它并非经由我严谨的判断而来，但它至少也出于我的爱好和兴趣。同样，我清楚地看到，我陷入其中太深太深，我拒绝一切装模作样和矫揉造作，却没想到走进了另一个深渊：

> 我尽可能要简单，
> 不料却变得晦涩。①

——贺拉斯

----

① 原文为拉丁语。

柏拉图曾说，判断一句话是否得体或精彩，不在于它的长短。我在仿照单调、平稳、工整的写作风格时就屡次失败。我比较容易接受，也更喜欢有节奏、停顿点多的文章，萨卢斯特就是这样的作者，不过比起他，我更觉得恺撒的著作更加难以超越。我的兴趣使我更贴近塞涅卡的写作风格，可这并不阻碍我对普鲁塔克的欣赏。他的言行举止我都觉得极其自然。因此，我说话的魅力远远超过了写作。运动和活动是能使言语变得更加精辟的原因之一，我就是那样，行动可以让我变得格外兴奋，除我之外，那些激动的人就更不用说了。事物往往需要很多抽象或复杂的物体赋予其价值，比如行为、表情、面容、声调、打扮、心态等，所以，即便是冗长的废话，也具有它的绝对意义。曾在塔西佗家里的梅萨拉[①]就向他抱怨过他这个时代的奇装异服，也抱怨过演讲者的讲台会对他们的雄辩产生弊端。

　　从出生起就一直生活在这个穷乡僻壤，以致我的法语发音和语法都不是绝对纯正的；不仅仅针对我，身边的人都是如此，每次与法国人交谈他们都会稍稍皱眉。产生这种现象的原因并不是我习惯运用佩里戈尔方言，说句实话，我对这种语言的掌控还不及德语，我也毫不认为这是多么值得骄傲的事。这种方言的特点与很多地区都类似，譬如普瓦图方言、圣通日方言、昂古莱姆方言、利摩赞方言和奥弗涅方言：声调总是往下压，似乎提不起一点儿激情，尾音很长，显得十分拖拖拉拉。比我们地区海拔更高的地方是一片山

---

① 梅萨拉（约前64—前13），古罗马政治家、统帅、作家和演说家。

区，那里流行的是加斯科尼方言，我觉得这种方言就具有一种特别的美，它简洁而清晰，又隐藏着深远的意义，是我所懂得的方言中最有力量、最有精神、最具备阳刚之气的一种。它毫不过度，一切都恰到好处，像法语一般优雅温和，细腻多彩。

实际上，我的母语是拉丁语。只是因为各种原因我已经无法灵活运用它了，以致现在自己都觉得十分别扭拗口，更别提用它来写作了，虽然在以前，这都是轻而易举能完成的，甚至过去我还被别人称作为老师。不过，我没有感到遗憾，我并不觉得这有什么了不起。

美是拉近人与人之间距离的一种途径，它在我们的关系中呈现出伟大和崇高。不管一个人多么堕落、多么野蛮，他都不会对美置之不理。肉体是我们存在的主要表现，在其中占据着非常重要的地位。所以，人们往往会对它格外关注，尤其会注意它的构造和特征。我们之所以会犯错，就是因为我们企图将肉体的两个主要部分与它强行分开。因此，我们必须把它们当作一个整体来对待，让它们紧紧相连，合为一体。灵魂不可只身地存在，它不能有轻蔑的态度，或者企图直接放弃我们的肉体（这样做是虚假且装模作样的，显得多么可笑），它应该与肉身相亲相爱、相互依偎，给它最好的指引，在它踏入深渊时及时将它拉回。它们的关系最终应确立为我们人类所谓的婚姻，灵魂是丈夫，肉身是妻子。作为丈夫，要有宽广的胸襟，包容妻子的一切，让它们和睦相处、不吵不闹，保持一致的脚步和方向。对这种说法表示认同的就是基督教徒了。因为他们所信仰的神就一直在告诫他们，不能有一丝邪恶或不善的企图，我们赞同将肉体和灵魂紧密相连在一起，有福同享，有难同当。他们的思想也一直跟随着神的理念，因为他们知道，上帝就在自己身边，他们所做的每一件事都是受神的指引和安排，人们也会因此得到相应的惩罚或奖赏。

逍遥学派是所有哲学学派中最具有人道主义的学派。它一向主张将灵魂和肉体结合起来，而后造福全世界。它还认为，其他学派对这种共存的理念根本不够深入，甚至很多时候都犯了片面性的错误，他们总是无法将两者平衡，不是过分地注重肉体，就是过分地注重灵魂。所以犯这种错误的原因，就是他们普遍忽略了"人"——这一重要的研究客体。他们往往觉得，该真正探讨和钻研的应该是大自然。

美貌是人与人之间最直接的区分标准，它让一部分人得到优先权：

> 他们分割土地，
> 依照美貌、身体还有智商进行分配：
> 美貌首先重要，体力是后来得到重视的。①
>
> ——卢克莱修

可是，我的身材只能属于中下水平了。这一缺点使我的美丽度下降不少，倘若你想成为将军或亲王，这样的身材更使你难上加

---

① 原文为拉丁语。

难。我们不能忽略和轻视漂亮面容和健硕身体的声威。

身高没有超过六尺的士兵，马略是绝不待见的。《侍臣论》①中也写道，希望有权势威望的人都具备良好的身型，但也不能太过特殊或突出，以免遭人议论。可是，通常不能两全其美，所以我还是认为，倘若你作为一个军人，还是身材高大些比较好。

亚里士多德是这么描述的：矮个子顶多能称得上活泼可爱，与漂亮就扯不上边了；而高个子却不同，你能在他们身上看到伟大的心灵，就如同他伟岸的身型一般美丽且极具威严。

他又说，埃塞俄比亚人和印度人在选择自己的君王和行政官员时，都把美貌和身材当作考核的重点。这种做法是正确的，因为倘若战队的首领面容英俊、气质非凡，他的士兵自然会对他毕恭毕敬，不敢胡作非为：

在第一排领队的就是图努斯，

他相貌堂堂，手持兵器，比周围的人都要高出一个头还要多。②

——维吉尔

我们崇高的伟大天主，它给我们传达的每一个思想，都必须要谦虚地、认真地、崇敬地接受，天主并不只注重心灵之美，肉体它

---

① 《侍臣论》是意大利外交官、侍臣卡斯蒂利奥内（1478—1529）的名著。
② 原文为拉丁语。

也从不忽视，它总说："你比世人更美。①"

柏拉图要求自己的政府官员除了懂得节俭和刚强之外，还应有温和美丽的面容。

倘若你和你的仆人们站在一起，但是别人没能认出来，并且问你："您的先生现在在哪？"倘若有的人对待你的理发师或秘书比对待你还要热情，那应该会让你非常伤心。而可怜的菲洛皮门② 就发生过这种不愉快的事情。那天，他被邀请去绅士家做客，他提前来到邀请他做客的主人家，但是主人没见过他，又见他长得极丑，就派遣他去帮女仆提水烧火，准备接待菲洛皮门。当菲洛皮门的仆人到了之后，发现主人并没有受到款待而是在干活（因为他觉得必须服从主人对他的吩咐），就问他为什么。菲洛皮门对他的仆人说："我只是为自己的丑陋长相付出代价罢了。"

女子需要身体其他部位的美，而身型体态的美却是男子必须具备的。倘若你身材矮小，即使眼睛再明亮、目光再温柔；鼻子更挺，弧形优美；前额再宽大、凸出；耳朵嘴巴再娇小，牙齿再整齐洁白；即使你胡子的颜色、密度、长短都十分适中，即使你拥有圆圆的脸蛋，精神抖擞、表情优雅，身上散发着自然的香气；四肢健壮且十分匀称，可你仍然算不上一个漂亮的男子。

在其他方面，我的身型虽说矮小却也壮硕、硬朗；我的脸也毫不臃肿，顶多说饱满；我的性格具有两面性，时常忧郁，时常

---

① 原文为拉丁语。参见《圣经·诗篇》第四十五篇。
② 菲洛皮门（约前 252—前 182），亚该亚同盟的将军。

疯癫。

因此，我的胸前和双腿都长满了毛。①

——马尔希埃

我的精神十分饱满，身体没有一点儿不适，虽然我已经到了苍老的岁数，却很少进医院。在此以前我都是保持这样一种状态，但自从四十岁的寿诞过去之后，我意识到自己正慢慢步入年老的队伍，不再年轻力壮，不再想干什么就可以干什么：

我的精力和青春随着时间的流逝也在渐渐消失，
它毫无征兆，使我措手不及。②

——卢克莱修

在这之后，我变得不完全了，像只剩下了半条命。我在一点儿一点儿消逝，连自己都快认不出自己了。

岁月在一点一滴地剥夺我们的财产，我们却无能为力。③

——贺拉斯

---

① 原文为拉丁语。
② 原文为拉丁语。
③ 原文为拉丁语。

以前，别人从不会用机智、灵敏这样的字眼来形容我，因为我展现的状态都是与之相反的。我的父亲身体十分健壮，他这样的状态一直持续到老[①]。在和我父亲同等年纪的人当中，我还没见过在体育锻炼方面比他还要厉害和强壮的。同样，在这方面我也十分自信，认定无人能超越我，除了赛跑项目（赛跑我只能算中等水平）。在艺术方面，我最不拿手的就是音乐，无论是演唱还是乐器演奏我都一无所知，别人从我这里学不到任何知识。而在跳舞、网球和摔跤上，我也只略懂皮毛；至于游泳、击剑、马术和跳跃，我则从未接触过。我也不觉得自己的文笔有多好，我时常翻看以前的著作，没有一篇是能让我开口赞赏的，甚至更多时候我都会将它们重新写过一遍，连修改都不情愿；我不懂朗诵，于是我愈加觉得自己的作品无法让人愉悦。总而言之，我不擅长的事情还有很多很多：我不会装订信封，也不会修剪羽毛，品西餐时我不懂右手拿刀、左手拿叉，马匹上的鞍辔也不是我弄的，更不会想方设法捕捉老鹰然后再将它放生，与猫、狗、马匹交谈也不是我做的事。

总体来说，我的身体状况和精神状况是保持一致的。除了刚强和坚定，我身上没有透露一丝灵动活泼的感觉。我可以接受艰苦，但这件事必须要有绝对价值，值得我去付出万分的努力。

---

① 蒙田的父亲一直活到74岁。

工作该时刻保持愉悦的心情，这样才会忘记其中的苦
闷。[1]

——贺拉斯

也就是说，倘若这件事情并不是我心甘情愿的，就无法激发我
的兴趣，我便会置之不理，因为其他那些乱七八糟的因素是我不必
拥有的。我所坚定的是，除了健康和生命之外，没有任何东西值得
我去伤害自己的身体，即使小到指甲，我也绝不会让自己的精神和
肉体承担任何痛苦。

我不想付出这样的代价来换取两岸绿树成荫的特茹河
的沙砾中流向大海的所有黄金。[2]

——尤维纳利斯

我不喜欢束缚，追求绝对的自由，这是我与生俱来的性格，也
是我的信仰。迫不得已时，我宁愿奉献出自己的鲜血，也不要让我
的脑袋多费一点儿神。

我并不是为别人而活，我的一切行为只对自己负责，因此我无
拘无束。自出生到现在，我从不选择那些试图控制我的人，我大步

---

[1] 原文为拉丁语。
[2] 原文为拉丁语。

向前、毫无畏惧地追求我所期盼的生活，按照我自己喜欢的步伐，不紧不慢地向前走着。这样的性格使我变得骄纵，我除了迁就自己以外，就无法再对别人这样。我认为，我也没必要去刻意改变自己迟钝、懒散和事不关己的态度，我并不觉得它会给我带来什么样的坏处，相反，我一直过得非常幸福。我安于现状，这并非是不理性的说法，我一直觉得我可以永远这么存在着。因此，我从不奢求一些什么，当然，也就得不到一些什么：

我的帆，没有因顺风而鼓起；
逆风也无法阻止它的起航。
在力量、才能、美貌、德行、出身和财产方面，
我在一流中排在末尾，但在末流中排在首位。[1]

——贺拉斯

我对自己精神状态的要求只有一点，也就是满足于我自己的命运，说实话，不管人在社会上处在哪种地位，要想获得这种精神状态都是件困难的事，但在实际上，穷人获得这种精神状态要比富人容易得多。因为致富的愿望就像我们其他的愿望一样，当人们了解到富有的滋味后，就放不下对这种愿望的渴求；另外，相比起节约和忍耐，前者的美德要更加难得。我现在只需慢慢享受上天赋予我的财富，我没有从事过艰苦的工作。大部分时间我都在做自己关心

————————

[1]　原文为拉丁语。

的事；倘若我在为别人做事，那么这其中肯定附带某些条件——我愿意为这些事花时间，并且依照我的方式来进行。另外，那些请我做事的人都十分了解我，也相当信任我，难得的是，他们从来不催促我。要知道，能让固执倔强和患喘息症的马为自己干活，这也只有真正有本领的人才能做到。

我从小就生活得十分自在，我的条件相对其他同龄人来说实在宽容太多了，我从不被逼迫着做任何事，一切都是随自己意愿而来。这也就导致了我现在的性情变得极为温和，摇摆不定。了解我的人从来不会在我家中与我探讨这些缺陷，他们十分和善，也足够包容，这是我始终感到高兴的一件事：由于我的漫不经心，我的开支中就包含了为仆人的食宿和工资而多花的费用。

> 一定是额外的这笔钱，
>
> 逃过了主人的眼睛，成了盗贼的外快。[1]
>
> ——贺拉斯

我实在不喜欢记账、对账，这样我就不会对自己的损失有所了解。和我一同生活的人，只会对我进行敲诈欺骗，从不会对我表示友善，而我也从不戳穿他们，表现得极为恭敬。我承认我并不坚强，无法忍受一丁点儿的挫折和失败，也无法全神贯注地完成一件自己的私人事务，我一向听之任之，顺其自然，上天是如何安排

---

[1] 原文为拉丁语。

的，我就照着它的脚印走。我一直在努力坚持这样一个原则：在事情尚未开始前，我便会首先预想到它的各种失败可能，准备好足够的耐心与平静的心情，温和地去接受、对待可能出现的情况。我所有的思想理论就在于此，我也在努力做到这一点。

　　当我遭受挫折或面临危险时，我想的更多的是如何把这个难题想得多么事不关己、无关紧要，而不是一味地逃避或抱怨。倘若有一天我真的要面临这样的问题，我会采取何种解决措施呢？既然我对事件本身无法产生影响，那我就去影响我自己，既然我无法掌握事件的过程和结局，那我就顺其自然地跟着它的步伐走下去。我从不觉得自己是个善于利用机遇、摆布命运的人，我躲不开命运给我带来的各种冲击，也无法使它尊崇我、服侍我，我连自己的事情尚且都处理不好。我哪来多余的精力去做其他的更艰苦的事情呢。对我而言，最让我痛苦不堪的就是置身于一件事情的发展中心，前进也不是，后退也不是。它让我透不过气来，可我又没有任何办法去解决。我一面忧心忡忡，一面怀抱希望。重复思考、反复掂量是我不厌恶的思想活动，即使是微乎其微的一件小事，我也尚且如此。我觉得，我的头脑无法承担怀疑和犹豫所带来的各种动乱，只要发现一丝光亮，我便会想方设法逃离。我的睡眠质量只会被小部分的兴趣爱好所影响，但天马行空的思想则让我根本无法入眠。这就好比在我行走时，绝不会去踏入倾斜或沾水结冰的地面边缘，我宁愿走在马路中间，尽管它可能凹凸不平，不过一想到可以不跌进水沟，我就有十足的安全感。因此，我十分乐意接受那些摆在眼前的苦难，至少它可以不让我承受突如其来的惊吓，这样的惊吓会让我十分难过，甚至手足无措，感到绝望。

无法确定的糟糕事件是对我们最大的折磨。①

——塞涅卡

我会用男子汉的方式，面对即将到来或是已经到来的不幸；但在其他情况下，我会像孩童一般禁不住地害怕。与倒台这种不幸的打击相比，它所带来的恐惧则会更加使我慌张。得不偿失嘛。倘若那些吝啬鬼因为爱财而失去财富，他所受到的折磨远远比那些本就是穷光蛋的人则更要厉害。那些因爱情而遭受折磨、满心嫉妒的丈夫，也比被戴了绿帽子却还蒙在鼓里的丈夫厉害。失去葡萄园所遭受的损失，往往也比因葡萄园而去打官司的损失来得少。最底层的建筑最为牢固，就像楼梯的底层，它就是整个楼梯得以稳固的基础。站在上面一点儿都不担心，它就安全地装在那里，支撑起整个楼梯的重量。我将要讲述的是一个贵族的故事，这是在当时盛极一时的传闻，里面似乎也包含了不少哲理。这位贵族在年轻的时候不务正业，等到年纪很大时才成了家。他伶牙俐齿，为人风趣。他想起戴绿帽子的话题能给他谈论和嘲笑别人的机会，同时又不会被别人嘲笑，于是就在灯红酒绿的地方花钱娶了一个妻子回家，并同她生活在一起。他们见面打招呼的方式和其他夫妻不同——"你好，婊子！""你好，王八！"他同客人聊天谈论的话题，也就是娶这

---

① 原文为拉丁语。

个女子为妻的原因。这个事情成了他从前那种作风的挡箭牌，即使有人在背后议论他、指责他，也不会显得多么尖酸刻薄。

我认为，追求虚荣和自以为是是同一个道理，不过，我把前者归结为后者的产物，倘若想让我对某件事情有特别大的憧憬，那必须通过上帝的语言来告诉我。因为我会因为看不到的未来而忧心忡忡，所以我并不会贸然去冒险，也不希望干任何粗重的活，可是我同样明白，倘若你想扩大自己的交际圈，提高自己的声誉，这些都是你必须经历的：

可我不希望以这样的方式去获得希望。①

——泰伦斯

一切为我所有和为我所见的东西，我都喜欢。我绝不会远离我的港口。

用一把桨劈开波浪，用另一把桨触及沙滩。②

——普罗佩提乌斯

再者，你如果没有付出一点儿财富，那就无法取得成功，获得回报。我认为，倘若你拥有一定量的金钱，这也只能让你保持现有

---

① 原文为拉丁语。
② 原文为拉丁语。

的生活状况一直到老，那么，如果这时你在没有任何渠道的情况下胡乱投资，那是件多么冒险无知的荒谬事情啊。只是，命运也不允许我们只停留在一个地方，人的一生总会更换各种各样的环境，你想用自己努力得来的成果去冒险试探也是情有可原的。因为人的一生永远都在追求，追求那种看似近在眼前却又十分遥远的虚幻的幸福。

倘若你处在对你不利的环境中，请选择那条极其艰难的道路。[1]

——塞涅卡

我的主张是，我会把自己一生所得全部遗传给我的纨绔幼子，而绝不原谅我那只会维护家族名誉的长子，因为他的所作所为足以整垮我的家族事业。

曾经的好友给我提供帮助，让我寻找到了一条最便捷的途径——挣脱捆绑我自由的欲望，试着过朴素安静的生活。

倘若你身上布满灰尘，那么恭喜你，你将很快得到美丽的棕榈枝。[2]

——贺拉斯

---

① 原文为拉丁语。
② 原文为拉丁语。

我十分了解自己到底有多少力量，我还认为这些渺小的力量根本干不成任何大事。我一直牢记已逝掌玺大臣奥利维埃的话，他是这么说的："我把法国人比喻成猴子，它们生活在树上，从这根树枝爬到那根树枝，一直不停地向上爬，直到爬上最高的那根树枝，然后把自己的屁股对着其他的猴子。"

> 膝盖发软是因为头上压着让我们喘不过气的重物，它
> 是不光彩的，于是我们只好将它重新放下。[1]
>
> ——普罗佩提乌斯

我与生俱来的完美品质，在这个世界上实际起不了任何作用。我生性温柔随和，却被人说成懦弱无能；心怀信仰和善良待人，被人认为是无知迷信和胆小谨慎；坦白直率和向往自由，又被视为自不量力，遭人嫌弃。但是，塞翁失马，焉知非福。实际上，我们应该庆幸自己生存在如此混乱的世界，因为这样我们就不必绞尽脑汁去做比别人优秀的人，我们本身就已经比其他人略胜一筹了。在我所处的年代，只要不违反孝顺，不故意杀人，尊敬神明，你就是一个正直、善良的人：

> 现在，如果一位朋友坦言承认你在他那里所存的钱，
> 倘若他把旧钱包交还给你，

---

[1] 原文为拉丁语。

里面还放着他那些铜绿色的硬币，

这样的忠实可靠简直令人难以置信，

值得世人歌颂，应被记载在伊特鲁立亚人的古籍上，

还应该杀一头戴花冠的羊来进行祭献。[①]

——尤维纳利斯

　　在过去，不管是哪个国家，国王们并没有因为仁慈或公正而得到任何肯定和感谢。倘若我没有预计错误的话，只要他们试着采取这样的方式来虏获民心，这是完全可行的，甚至会比其他做法都来得稳定牢靠，所铸造的成就自然会超越其他君主。我从来都不认为暴力和强制手段是唯一的治国方法，虽说很多情况下我们不得不这样做。

　　我想很多人都应该和我一样认同这一点，王公贵族不见得任何事都做得来，他们在力量、勇气还有军事知识方面根本比不上商人、手工业者或者法官。无论是单打还是团队战斗中，后者都表现得十分英勇，在我们国家内部矛盾激发时，就是他们保住了我们的城市。他们获得了至高的荣耀，相反，君王已丧失民心，威信全无。我所处的时代，实在太过缺乏正义、道德、真实、节制，不仅没人认同，反倒还受人们唾弃。我们只有尊崇民意才能获得绝对的君主权，至于其他那些都是次要的，不被人所接纳，即使它再好，无人需要一样实现不了价值，因此，我们首先就要

────────

① 原文为拉丁语。

拥有这些正直的品德。

　　　　一切所有都不及仁慈那般深得人心。[①]

　　　　　　　　　　　　　　　　——西塞罗

　　我自认为，在这个时代没有多少人能比我更伟大、更不同寻常了，但与过去那些世纪的人们相比，我就变得微不足道、相形见绌了。在过去的世纪里，倘若没有其他值得人们赞赏的品质，那么，稳重的人惦记着报仇，懦弱的人对别人的辱骂怀恨在心，虔诚的人遵守自己的诺言，没有人口是心非，没有人见机行事，没有人会为了别人的脸色或事情的进展改变自己最开始的初衷，这都是习以为常的事。我宁愿接受所有事情都遭到失败，也不愿意为事情的成功而放弃自己的信念，因为我见多了虚假的伪善，对此我极为痛恨，在所有的恶习当中，我觉得没有哪种会比此更加卑鄙无耻。卑躬屈膝的行为，使得人们用假面具来遮挡自己的真性情，让别人无法辨清自己的真面目。而这样，我们同时代的学到了不好的习惯——背信弃义：他们被现实的逼迫弄得不会说真话，就算说了无法兑现的话，也不会因此受到良心的谴责。一般心灵高尚的人是乐于让人们知道自己的思想，不会隐瞒通往他心灵的道路。他可能什么都好，至少他充满人情味。

　　亚里士多德就曾说过，灵魂的高贵就在于毫不忌讳地说出自己

---

① 原文为拉丁语。

的爱和恨，能理智直率地判定一件事，永远追求真理，经得起任何考问和反对意见。

阿珀洛尼厄斯还说，欺骗是下等人会做的事，诚实是自由群众所做的事。

诚实是构成美德的首要基本条件。我们必须在心中就对美德产生爱意。诚实的人，是因为他迫于客观原因不得不那么做，或者能在其中获取一定的利益。真正善良老实的人，不是那些在无关紧要的情况下善于说谎的人。我自身无法接受说谎，甚至一接触便会觉得格外厌恶。

我有一种廉耻之心，倘若我有时不由自主地说了谎话，我就会备受良心的谴责。谎话有时还是会说的，当然，除非我遭遇什么意外情况，立即做出的反应无法经过一番仔细考虑之时。

视情况而定，我们并不需要每时每刻都把自己的想法全盘托出，这种做法是无比愚笨的。但是，请牢记一点，一旦开口，请保证你的话语是出自你的内心，而非带着目的地说。我并不理解那些以欺骗为业的人，他们到底能从中获得什么。依我看来，他们所能获得的唯一好处就是即便他们说了真话，也没有人会相信他们。说谎的限度应该只在两次之内，但是当他们每天被自己的谎言围绕和蒙蔽，还因此而扬扬得意时，那我就要借用历代君主的言语——古代马其顿的梅特卢斯的话："倘若他们的衬衣有思想有灵魂，知晓他们的一切所作所为，那么衬衣的下场必定是被扔进火堆。"他们还认为，倘若你不会故弄玄虚，就不是一位懂得统治管理的君王——这就完全暴露了自己，明确地告诉同他们交谈的人，接下来我要说的话全都是假话。"倘若你丢失了诚实，变得越来越圆滑和机敏，你就越让人感到后怕和厌恶。[①]"至于像提比略那样表里不一的人，你若相信了他的面目表情或他说的话语，那也只能怪你自己太过单纯。此类人所说的话一概不能信。我时常感到无法理解，这样的交谈又能从中获得什么呢？

倘若你无法尊崇于诚实，那么你对谎言也是如此。

如今，评判一位君主的职责仅仅着重于他单方面的成就——如何使国家获利，至于那些他为维护自身的信义和无愧于良心所做的努力往往被人忽略不计。这种人说的话并非完全不可信，但他们的这种建议一般只适合那些生来就要靠谎言支撑自己权威的君主。可实际情况并非如此。缔结或媾和某个条约，君王们往往采取的都是欺骗手段。他们在利益的驱使下做出第一件言而无信的事（利益总让我们干尽各种坏事：为了某些所谓的好处而亵渎圣贤、残暴凶杀、叛乱背叛等），就会给他们造成无数的困扰，他的忘恩负义可能使他破坏了自己与邻国的友谊，失去了今后达成共识的所有可能。苏莱曼[②]就是一个典型的例子，他从不遵守诺言，也不遵守条约。在我很小的时候，[③]他带兵侵入奥特朗托海峡，得知梅尔库里诺·德·格拉蒂纳尔和卡斯特罗的民众放弃这块领域并举手投降后，被当作俘虏扣押了起来。这已经触犯了当初投降的条件，他立即下令将他们释放，原因很简单，他还需要继续利用这个地区，虽

---

① 原文为拉丁语。西塞罗语。
② 指苏莱曼一世（1494—1566）。
③ 此事发生在 1537 年。

说这件事可能违背了诺言，表面上看是可以获得相当大好处的，可是却会给他带来极坏的名声，导致别人无法再信任于他，这样的损失相当惨重，十分不值得。

在我看来，我宁愿做一个令人生厌、可以有什么就说什么的人。我鄙视那些心机很重且只会阿谀奉承的小人。

我认同这一点，倘若一个人毫不理会别人的情面，表现得太过真诚和直率，其中肯定夹杂着自傲和固执的成分。因此我发觉，我变得过分撒野，而且这样的状况在严肃的环境下也无法抑制，倘若非要我收敛，我则会浑身不自在且相当郁闷。我是思想单一的人，做事从不曾顾虑其他，所以通常情况下都是自主行事。即使是和大人物交谈，我也毫不拘谨，畅所欲言，完全和家人说话是一个状态，我意识到这是十分失礼的行为。可是，我左右不了自己，与生俱来的性格注定了我的思维不够灵敏，无法圆滑地处理事情，八面玲珑对我来说十分困难，而且我也不懂得撒谎，也不喜欢撒谎。我记忆力差，根本就无法记住自己说过的话，再说，我也没有十足的自信来肯定这件事。总之一句话，我既软弱也勇敢。所以，我生活得极其自如，有什么说什么，这是我的个性，也符合我的思想，我把自己的一切都交付于命运。

阿里斯蒂帕斯曾说："现在我可以毫不避讳地与任何人说话，并且相谈甚欢，这就是哲学给我带来的唯一好处。"

记忆力对人们来说，是一种用处极大的工具，它教会人们怎样才能做出正确的判断。可我记性差，倘若你要与我交谈，就不能长篇大论，必须一段一段地说，我对一段包括许多内容和含义的话根本无法应答，对此我无能为力。倘若我要完成一件事，必须提前记录。一旦我要发表文章，就得靠死记硬背，否则我会显得格外不自然和不自信，我总是瞻前顾后，生怕自己出错丢丑。然而，这样的方法对我来说也是十分困难的。背三行诗，我往往要花三个小时以上的时间；再者，倘若涉及我自己的作品，我就会大量地修改：变动文章段落顺序，变更词汇、替换内容等，如此一来，我就更难记住自己的作品了。我越是不信任自己的记忆力，记忆力就会越下降；反之，当我不去刻意地记住它时，记性反倒会变好，所以我总是保持着一种漠不关心的态度向它求助，我不能强制性地逼迫它，那样它只会摇摆不定，倘若那时我再施加压力，它就会变得异常混乱；它随自己的心情为我工作，而不是依照我的需求来服务于我。

这样的看法，除了记忆力，在其他许多方面也都行得通。我从不愿意肩负重任，也不愿意忍受别人的指责和束缚。如果一件事情是我不费吹灰之力就能办到的，一旦身旁有人逼迫我，我则会毫不犹豫地丢下。我发现自己的身体也是如此，只要四肢稍微发挥一点儿它的自主性，在我需要它们为我效劳时，它们就会变得格外不听使唤。一切强制性压迫和飞扬跋扈的命令让它们十分反感：它们只会因畏惧或不满而毅然罢工，并变得无动于衷。一次，我参加一个朋友的聚会，即便大家都说我可以随着自己性子来，可我还是入乡随俗，尽量满足在场所有女士的要求，把自己扮演成一个品性良好的酒友。可我在其中却发现了极有意思的事：相比失礼的危险，要我做到完全不管不顾自己的习惯和酒量去灌酒，这是我无论如何也做不来的，因此，我连本身在吃饭过程中要饮完的酒也变得无法入喉了。我想象自己一直在狂饮，所以最后我像喝多了酒一样酩酊大醉。人的想象力越丰富、越彻底，自己的双眼就越会被蒙蔽，这并不是多么罕见的事，相反，这十分自然，我相信每个人都曾有过类似的感受。以前，有个优秀的弓箭手被判处死刑，可是国王同时下令，只要他能展现出自己精湛的射箭技术，便可以免他一死。可他最终还是放弃了这个机会，因为他没有自信，过分担心自己会因为紧张而手抖，那样，他不仅难逃一死，还落下一个蹩脚射箭手的名声。一个人在固定的地方散步，一旦他认真思考某件事时，就会用同等距离的脚步和时间来完成之前走过的路程，可一旦我们对此有所意识，并想方设法计算自己的脚步时，就会发现，无论多么努力，已经完全无法做出不经意间的各种举动了。

位于我屋子一角的书房，是整个村庄最美丽的书房之一。但是，一旦我要去那里查阅资料或编写文章时，总要提前把计划告知仆人，倘若不这样，在穿过庭院去往书房的路上，我就会想不起自己到底要去干什么。如果我一心二用，边讲话边想事，那么结局肯定是我两边都没顾上。所以，同我说话是件枯燥无趣的事，我总是表现得十分拘谨。我是这样称呼自己是仆人的——用他们的职务或出生地点来命名，不然我无法深刻地记住。我可以这么形容，名字中有三个音节，并且不怎么上口，也不管它是哪个字母开头或结尾。我并不觉得有一天我会健忘到记不起自己的名字，即使以后的时光再冗长，我也会一直记得。梅萨拉·科尔维努斯在整整两年中完全丧失了记忆，有人说特拉布松的乔治也是如此。我很纳闷，他们在那段时间究竟过的是什么日子，如果换作我，我能忍受吗？我不敢深究这个问题，我有些害怕，毕竟我的记忆力如此之差，它一旦恶化，我的精神活动将全部丧失，不复存在。"当然，记忆不仅包含着哲学，还包含着所有的科学及其在生活中的应用。①"

四处都充满着流失，因为周边全是大大小小的洞口。②

——泰伦斯

我多次忘记自己在数小时前传达出去的通知或接收到的口令，我也记不起自己的钱包放在哪里，西塞罗的话③ 我也时常忽略。记忆是储存知识的器皿，可是我的记忆力极差，无法拥有浩瀚的知识，也就不多加抱怨了。总而言之，我知晓全部学科的具体名称及其研究对象，至于其他就一无所知了。我阅读书籍，却从不深究；倘若有什么东西停驻在我的脑海里，我也不知道它是不是别人的；唯一的好处可能就是，我的智商得到了拓展和想象的空间。那些作者、地名、词汇和其他简述，在我读过的下一秒就会忘记。

我想，我记忆力不好这个缺陷已经无人能敌了，我连自己写过的文章都会没有一点儿印象。我甚至发现不了别人有没有在他的文章里插入我的话语。倘若有人向我提问，我的作品中引述的诗句或例子出自哪里，通常情况下我都无法作答。不过，我只在优秀卓越的人物面前乞求这样的施舍，我毫不满足于他们的慷慨大方，我希

---

① 原文为拉丁语。西塞罗语。
② 原文为拉丁语。
③ 西塞罗曾说过，老人总是不知道自己把钱包藏在什么地方。

望他们向我伸出来自富裕和体面的手，因为明智往往是和权威并存的。因此，我记不起我写的东西，也无法记住曾经读过的东西，但我的作品会承载着许多我阅读过的精华。忘记我给予的东西也忘记我获得的东西，这其实并不奇怪。

除了记忆力不好之外，我还有一些其他的缺点，它们让我变得格外愚蠢和无能。我反应迟钝、思维转得不快，一旦光线不明亮，就会看不清楚身边的事物。所以，我从来不去纠结那些永远得不到答案的谜团，就算它并不困难，我也不会费一丝精力破解。我讨厌一切动脑筋的事。因此，那些需要冥思苦想的游戏，譬如国际象棋、纸牌游戏、国际跳棋等，我都只是了解最基本的规则。我接受能力不强，可一旦接受就会牢牢抓住，并要从各个角度各个方面确切而深入地研究一番。我目光敏锐、视野全面，可我无法持续很长时间保持良好的工作状态，总是会出现这样或那样的问题，也正是这个原因，我不能长久地阅读，很多故事只能通过他人之口来获悉。小普林尼 [1] 向有这方面缺陷的人说过，倘若你的工作是此类性质的话，那么克服这种障碍是你首先就要做到的事。

不管一个人多么低贱和无能，身上总会有一处发光点；也不管你把自己的优点隐蔽得多么深藏不露，总会被人挖掘出来。人们对一件事情不闻不问、漠不关心的同时，会对另外的事件嘘寒问暖，表现出绝对的关注，至于原因，我想只有老师才能为我们

---

[1] 小普林尼回忆说，大普林尼使用一名朗读者和一名秘书来摘录书中的语录和做笔记。

解答吧。不过，真正正义善良的人，是逻辑清楚、不迂腐不陈旧的人，是随时做好一切准备的人，即便他们没有强劲的文字功底，也极有可能成为一名优秀的文学家。我由此来指责自己，出于我的胆小和掉以轻心（掉以轻心是我一直无法忍受的缺点，它充斥着我的整个生活，不管是当下正在发生的事，还是未来将要发生的），我根本无法独立完成一件事，甚至无法对日常所见的事物做出正确的认定，而这些东西是连傻子都能辨认出来的。由我详细举例来说明。

我自小生活在农村，并在那儿度过了人生相当长的一段时间，我了解各式各样的农活。当我继承自己的家族产业后，我发现自己其实什么都不会：我不懂什么叫筹码计算，也不会用笔计算数字，甚至很多钱币我根本都没见过；只要长相类似的谷物，我就无法辨别它们；究竟身处田地还是谷仓，也常常让我摸不着头脑；我甚至不知道自己的果园种植的是甘蓝还是莴苣；主要的农具我也说不上名称，基本的农业知识我还不及小孩了解得深刻。那些技术更加深奥的机械品种、商务谈判以及各类商品的特点，如水果、葡萄酒还有肉的种类，我都无法讲述清楚；动物生病了我也察觉不了，更别说医治了。我出糗出得极为彻底，一个月之前，就有人看穿了我，做面包时，我根本不知道酵母是做什么用的；葡萄酒发酵的原理我也一无所知。很久以前的雅典，他们所谓的逻辑思考者，就是能把各种复杂且繁乱的条理理顺并灵活运用的人。因此，人们对我做出了与之完全相反的结论：即便厨房有满满一屋的食材，我依旧无法自己动手做出可口的食物，我只能一直饿着。

从我自暴的缺点中，人们还可以不费力气地发现我更多其他的缺点。然而，无论我试图将自己定义为何种类型的人，只要我对自己的评论不弄虚作假，就事实而言，我就满足了。我鼓起勇气记录下这些无关痛痒的事，却又不做出道歉，原因只有一个：我并不认为它有多么重要，对此我根本不屑一顾。有人指出我计划中的不足之处，我并不会生气，对我来说这无关紧要，但你绝对不能试图指责我完成这一计划的方式。其实我十分清楚，无论有没有指明，我所说的话都起不了任何作用和意义，我甚至也能看出自己项目的荒诞之处。这恰好说明，我的判断力还有待提高，这些文字就是它的表现：

> 愿您的嗅觉尽可能完美，
>
> 让您的鼻梁高得连阿特拉斯[①]也不想拥有，
>
> 让您用自己的幽默使拉丁努斯[②]刮目相看，
>
> 对于这些小事，您的描述不能比我说过的还坏。
>
> 咬牙切齿能有什么用？
>
> 要有肉才能填饱肚子。
>
> 您别白费力气：把您的恶言留给自我欣赏的人们；
>
> 这儿您找不到自己的食物。[③]
>
> ——马尔希埃

---

① 阿特拉斯是希腊神话中提坦巨人之一。

② 拉丁努斯是古罗马传说人物，据说是代表拉丁族的英雄。

③ 原文为拉丁语。

我不说愚笨的话，并不代表我不会，只要我没有弄错其中的意义。倘若有所分歧，故意弄错，这也是司空见惯的事，一般在这种情况下我才可能出错：一切偶然的原因是不会让我弄错的。而我把这种错误的行为归咎于自己的莽撞个性，没什么大不了，因为我无法把自己违背良心的事也归咎于这一原因。

在巴勒迪克①的一天，我看到有人为了纪念西西里国王，特意将勒内的自画像献给国王弗朗索瓦二世。我在思考，为什么不是每个人都可以用羽毛笔给自己画像呢，勒内不就做到了嘛，他是个很好的榜样，我们应该效仿。

我并没有想要逃避自己的另一个缺点——犹豫不决，我明白这在讨论重大事务中是个多么严重的错误。一旦我发现事情有所不对，就无法做出正确的判断：

> 我无法做出任何决定，不管是表示认同还是反对。②
>
> ——彼特拉克

我可以做到忠于一种观点，却无法选择观点。

事情的原委就是，不管是生活还是工作上，我们的意识较为偏袒哪一方，我们都可以为各种观点找出成千上万种理由（"我只想从芝诺和克利安特斯两位老师身上学习到最浅层最基础的原理，

---

① 巴勒迪克是法国东北部默兹省省会，10 世纪起先后为伯爵领地和公爵领地首府。
② 原文为拉丁语。

其他的请让我自己来发现和挖掘",这是哲学家克里西波斯说过的话）。所以，无论我站在哪个角度想问题，总能找出许多理由和依据，以此来捍卫自己的想法。由此我一直处于摇摆不定的状态，这样挺好，起码我是自由的，怕就怕有一天形势会逼我做出某种抉择。我不怕承认我总是无法自行其是，难以果断地拿决定，因此更多时候我都是顺其自然，随波逐流，一切听从命运的摆布，一旦有所变动便会立即转变方向。

　　当思想犹豫不决时，极轻的分量也会让它倒向任意一边。①

——泰伦斯

　　我经常会用抽签或掷骰子的方式来结束我摇摆不定的状况；为了更好地对人类的弱点进行辩解，我找到了神的历史留给我们的一些故事，在这些故事中，任凭命运的摆布和偶然的安排，这是所有人面对犹豫时会做的事情："于是众人为他们摇签，摇出马提亚来。②"理智就像人们手里的双刃利剑。你们可以想象，一根棍子在它最可靠的亲密朋友苏格拉底手中到底有多少个头。

　　因此，我很容易跟随别人的脚步，被他人的思想带走。我不够信任自己的力量，不能靠它来指挥和领导自己；相比之下，我更乐

---

① 原文为拉丁语。

② 原文为拉丁语，引自《圣经·使徒行传》。

意跟随别人的脚步往前走。如果遇到难以决定而又十分关键的选择，我情愿相信对自己的看法更有自信的人，我会按照他的方法执行，而不去管自己的看法，因为我的观点没有可靠的依据和可以信赖的背景。但是，我不会轻易转变自己的看法，因为别人那些独特的看法也有它自己的弱点。"对一切都予以赞同的习惯是危险和不理智的习惯。[1]"尤其是政治上的看法会引起普遍的反对和争论：

因此，当天平两端的重量相同时，

任何一边都不会上升或下降。[2]

——提布卢斯

这就像是马基雅维利，他在论述主题时具有十分明确和充足的理由，但要是对他进行一番驳斥，也并非是一件难事，而推翻那些对此驳斥过的人们的论据也并不困难。因为，对于任何一个论据，都可以寻找到千百种理由来加以反驳，而针对用以反驳的论据又会有新的论据产生，对之前的回答又能得出新的答案来，倘若我们吹毛求疵地过分挑剔，只会使这场辩论无休止地继续下去，或者极有可能引发一场官司。

---

[1] 原文为拉丁语。西塞罗语。

[2] 原文为拉丁语。

我们遭遇敌人的袭击，就坚定地予以还击。[①]

——贺拉斯

　　不管是何种理由都要以经验作为依据，而发生在人类社会的多种多样的事件，为我们提供了无数形形色色的例子。在这个时代，有一位很有学问的人说过，我们可以从相反的角度来解读，比如说，历书中说的酷热的地方可以用寒冷来理解，干燥的地方可以用潮湿来理解，总之，与历书的预测要反过来去理解，那些喜欢打赌的人，可以随随便便就为了某些事情打赌，只要不是那些不具可能性发生的事情，譬如，不要说圣诞节会酷热万分，圣约翰节[②]会十分寒冷，等等。我认为，在对待政治上的某些问题时也可以如此：不管你在问题中处于哪个立场，只要不违背最基础和最明显的原则，你的辩论会和你的对手一样精彩出色。另外，我还认为在处理公众事务时，定下的规矩无论有多么不好，只要经受得住时间的考验，就会比频繁的变动和创新要来得更稳定。现在的风俗十分腐败，而且丝毫没有停止继续坏下去的脚步；在我们的法律和习俗当中，有许多十分粗俗的、耸人听闻的条例；另外，我们没有能力去改变自己的状况，也无法避免社会动荡的危险，如果可以，我宁愿钉住我们社会前进的车轮，让它停止下来，不再滚动：

---

① 原文为拉丁语。
② 圣约翰节在 6 月 24 日。

我们从来不会说这是卑鄙无耻的行为，

因为没有什么行为比这要更加可恶。①

——尤维纳利斯

我认为，不稳定是目前所有状况中最糟糕的事情，我们的法律已经变得像平日的着装一样，没有固定的形式可言。指出国家制度中有缺陷是很容易的事情，因为任何事物都不是完美存在的；人们藐视陈旧的习俗，也是一件稀松平常的事，而且这种事情很容易做到；但是，要想尝试在摧毁旧的国家制度后建立起更好的、更完善的国家制度却并非如此简单，很多人都尝试过，但最后都以失败收场。

我并不认为我的一切所作所为都是小心谨慎的，但我的行为举止绝对合乎社会公共秩序。人民的幸福来自于他们不用去考虑这些指令下达的原因，所以他们觉得完成指令并不是什么难事，而他们比那些下达指令的官员做得还要好，他们听任于别人对他们的安排。真正善于思考和辩论的人，并不会像他们那样无条件妥协。

总之，倘若说我的优点，那么我唯一感到自豪的优点就是，我有别人没有承认过的缺点：我给予自己的评价非常普通，每个人都可以有这样的评价，而这样的优点像整个世界一样陈旧，因为没有人曾认为自己不够聪明。这是一种十分矛盾的现象，就好比，愚笨本是一种缺陷，但倘若有人看到自己有这样的毛病，那他往往不会

---

① 原文为拉丁语。

有这种缺陷；这种缺陷十分顽固，可以说根本无药可治，但只要自己有所察觉，就立刻可以被治愈，就像是强光从层层浓雾中一穿而过。批评自己其实就是原谅自己，给自己定罪就是赦免了自己的罪行。我还从没发现任何一个女人或撬门贼认为自己不够聪明。我们会很大方地承认别人在勇气、体力、经验、才华和美貌方面超越自己，但是，我们对自己的判断力相当有信心，并不会认为自己的判断力比别人差。看到其他人得出所谓精辟的见解，我们会认为，只要条件充足，朝着这个方面思考，我们也就会得到相同的结论。我们从他人的作品中读到的见解、学识和其他优点，如果的确在自己之上，我们很容易就会辨析这一点。但是，智慧的产物不能一概而论，人人都认为自己会得出相同的结论，但倘若他同它们之间不存在无法跨越的鸿沟，他就很难意识到它们的重要性和艰难。因此，对于这种工作，不应期许自己从中获得多少名声和荣耀，这种写作不会为你带来任何你想要的知名度。

另外，你写作的目的是什么呢？那些大师学者评价书的标准是看知识是否渊博，我们智力所创造出来的东西都是具有知识性和艺术性的。倘若我们把一个西皮奥当作另一个西皮奥，那么我们还可以看到那些有意义的话吗？在他们的看法中，不了解亚里士多德就等于不了解自己。低贱的和粗鲁的人领会不到高雅和精致的议论的重要和优美。但是，我们的世界到处都有这样两种人。至于第三种人，实际上你已经把自己交付于那一行列中去了，他们正直，有实力，但这样的人似乎十分罕见，因为我们那儿不在乎声名或地位，所以要想取悦他们，会将大部分的时间白白浪费掉。

人们不会抱怨，因为在大自然赐予我们的恩惠中，个人智慧是最公正的，因为极少有人对自己所得的那份不满意。这样不是很合理公正吗？谁要是不满足于自己体验的事情，想要看得很远，那么他就超出了自己的眼观所能及的地方。我认为自己的观点是合理正确的，但是，有谁不是这么认为的呢？我可以证明，我并没有过高地评价自己，因为倘若我的观点没有信服力，它们就很容易在感情的干涉下对自我产生不真实的看法，我几乎把所有的感情都倾注于自己身上，没有在其他地方浪费一点儿。大部分人很多时候做的事都是为了在朋友和众人中获得声名荣耀，而我只在意我心灵的舒适和安宁。倘若有人说我有时候也会在乎其他的事情，那并非出自我的本意。

　　　　因为我要活着，还要有完好的身体。[1]

　　　　　　　　　　　　　　　　　　——卢克莱修

　　至于我对自己的评价，我认为它们在肆意妄为、坚持不懈地攻击我的弱点和短处。的确，就像我对其他每件事情做出判断一样，这是我提高自己判断力的一种方法。人们经常观察别人的一举一动，可我却更喜欢把视线停留在自己内部，让目光长久地在内心深处巡视。大部分人把目光放在远处，而我只看到自己的内心：我也只会同自己打交道，总是审视和观察自己，对自己进行探索和体

-----
① 原文为拉丁语。

验。其他人就算想到了这样的方法，也未必会这样做：

没有谁会对自己的内部感兴趣。[1]

——佩尔西乌斯

而我，在自己的身体里面游来游去。

无论我拥有多少追求真理的能力，能让我不放弃追求真理的信念主要还是归功于我自己，因为那些想法就像与生俱来的一样长在我的骨子里，根深蒂固，完完全全只属于我自己。在它们诞生之际，还尚未成形，而产生它的方式不仅有力，且十分大胆，这些雏形还未完善，模模糊糊，看不清楚；而后，当我完全确定并相信了这些看法，这全是依靠我所信赖的学者们，还有与我相同看法的古人的论断。他们让我信任自己的立场，并坚定不移地遵守和坚持自己的看法。

所有人应该都期望自己活跃的思维可以受到他人的称赞，而我更想别人夸奖我的思想严密且谨慎，无论我有多么惊人的能力，或者做出什么值得注意的行为，我都希望人们表扬的是我端正、和谐和稳健的看法和品行。"倘若有人评判什么是最美的东西，那么当之无愧的就是整个一生和一切行为中所具有的稳定性；但是，倘若你为了模仿别人而抛弃自己原有的特色，你就不能算是拥有了稳定性。[2]"

---

[1] 原文为拉丁语。
[2] 原文为拉丁语。西塞罗语。

以上我所说的这种表现，是自命不凡中的第一种恶习，从这里我可以看见，自己在这方面犯下了巨大的错误。而第二种就是对他人的评价过低，我不得而知我是否有充分的证据来证明自己从未犯过这种错误。而且，对于任何事情，我都会给出自己最实事求是的说法。

也许是古人的智慧给了我很大的帮助，他们充实的灵魂让我对别人和自己都感到厌恶，也许是我们存在于这样一个平庸的年代，注定了只能生产出平庸的东西，所以我看不到值得让我大加赞赏的东西。的确，我对于人类知之甚少，不能就这么对他们妄自评判；而我处在自己的地位上所接触到的那些人，大部分都并不重视自己的修养内涵和文化底蕴，因为在这些人的眼里，最大的成就感就是得到他人的尊重和爱戴，最完美的品质就是表现勇敢。我会在看到别人的优点时立刻表示赞扬，并十分乐意给予他好评，常常还会给予他过高的评价，即便这算作一个小小的谎话，并不全是自己的想法，但我绝对不凭空捏造。我只说我亲眼见到的东西。我会轻松愉悦地告诉我的朋友们，在我眼里，他们值得称赞的地方有哪些，倘若他们的长处有一尺，我便会将其说成一尺半。但是，我不会对他们不具备的品质加以赞扬，也不会为他们身上的缺点包庇或辩护。

即使是敌人，我也会不带感情色彩地进行评价。我的感情或许会随时发生变化，但是我的评价却不会轻易更改。我不会将自己的纠纷与其他不相关的事情混为一谈。我极力维护我思想的自由，不会为了任何喜好而将这种自由放弃。倘若我撒了谎，那我对说谎对象的指责还没有超过对自己的责备。我们都知道，波斯人有一种慷慨大方的习俗十分值得称赞：他们不会放过自己的敌人，但是在谈论这些敌人时，他们也从不出言不逊，而是十分公正地对他们进行评价，就如同在谈论自己的美德一样。

在我所认识的人当中，每个人都有各种各样的优点：有的人聪慧，有的人善良，有的人机灵，有的人正义，有的人能言善辩，有的人博学多识，有的人则有其他某些优点。但是，从整体上可以说是伟大人物的，同时拥有各式各样的优点，或者某种优点十分突出，让人钦佩不已，可以和备受人们尊崇的古人相提并论的人，我暂时还没有遇见一位。我活到现在，遇到的最伟大的人要算是埃蒂安纳·德·拉博埃西了，他的天赋和才能令人赞叹不已；他所具备的优点的确是非常之多，而且不管从哪方面来看，都能体现出好的一面；他和古人一样拥有许多特点，倘若命运稍微偏袒他一点儿，他很可能就会做出轰轰烈烈的大事来，因为他的天赋和才能在科学研究领域大大地发挥了作用。但是，我无法想到怎会有这样的事情发生（然而，事实的确这样发生了）。有些人为了汲取更多的知识而学习，同书籍打交道成为他们获得知识的手段，并从事学术著作或与写作相关的职业，但是，这些文化人在思想上的弱点和骨子里的虚荣心，比普通人还要明显。

或许我们对这些高级知识分子有更高的要求和标准，无法接受他们和普通人一样的弱点，或者是因为他们自视过高，不在乎将这样的缺点外露，甚至还摆出一副扬扬得意的模样，殊不知，这样的态度对他们的形象造成了极大的影响。就像手工艺者，在对待极为珍贵的材料时，要比对待普通材料时更容易让人看出他们的缺点：

倘若金雕存在瑕疵，那么人们会比看到石膏上的瑕疵更为生气。许多人本身展示出来的东西并不恶劣，搁在它原本的位置上也是好的，可偏偏对它们的使用不恰当，选择不慎重，也不加以限制，还夸夸其谈得让人无法理解。他们对西塞罗、盖伦、乌尔比安[1]和圣哲罗姆[2]的称赞，让自己变得更为愚蠢和滑稽。

　　我还想再来谈谈教育领域的荒谬之处。教育的目的已经不再是把人们培养成品质善良、思想聪慧的人，而是把人们培育成博学多识的人，它做到了。它不是教我们行善和谨慎这两个词，而是教我们懂得这两个词的来源和含义。我们学会了行善这个词的词格变化，却不知道要如何运用；我们不能从自己或是他人身上看到什么是谨慎，但是我们懂得了谨慎的词义并将其牢牢记在心底。对于住在我们隔壁的邻居，我们不单要了解他们的亲朋好友、家庭背景和联姻关系，还要与他们成为朋友，形成良好的亲密关系。它让我们看到了行善的表现，掌握了行善的意义和种类，就像家族的族谱清清楚楚记载着每个分支每个姓名一样，但它并不在乎也没有教我们如何与行善之间建立良好的关系。它为我们挑选的书籍并不是最靠近真理、最正确的，而是将希腊文和拉丁文写得最好的书籍，它企图通过这些华丽的辞藻，向我们灌输一些思想的垃圾。好的教育可以改变人们的态度和习俗，波莱蒙就告诉了我们这个道理，他原本

---

① 乌尔比安（？—228），古罗马法学家和帝国官员。他的著作为拜占庭皇帝查士丁尼一世的不朽之作《学说汇编》提供了三分之一的材料。
② 圣哲罗姆（347—420），早期西方教会中学识最渊博的教父，将希伯来文《旧约》和希腊文《新约》译成拉丁文。

是一个不学无术、行为放荡的希腊青年，一次偶然的机会，他听了色诺克拉特的讲课后，不仅对这位哲学家的才华和雄辩术颇为钦佩，更是带回了许多有意义有价值的知识，除此之外，他还彻底改变了自己过去的生活方式和行为作风。我在想，不知道还有谁能像他一样，感受到教育所带来的震撼呢？

波莱蒙改邪归正之后所做的一切，你是否也会去做？你是否会抛弃那些天马行空的标志，那些虚华的饰带、坐垫和领结？

有人说，波莱蒙在饮酒之后，偷偷摘下了脖子上的花环，因为他听到了滴酒未沾的老师的声音。①

——贺拉斯

我们的社会看不起那些因为毫不掩饰淳朴而位居末位的阶级，但是他们的生活确实十分健康有序。农民的习俗和交谈要比很多哲学家的习惯和言论更为符合真正的哲学定律。"普通百姓是最明智的，因为他们的明智来源于自身的需求。②"

根据我一直以来远距离观察所得出的结论（因为若要依照我的方式来评价人们，就必须要更加靠近这些人），在奥尔良被杀的吉斯公爵③和已故的斯特罗齐元帅，是在战绩和军事知识方面最杰出的人物。担任掌玺大臣的奥利维埃和洛皮塔尔，则是在学问和美德

① 原文为拉丁语。
② 原文为拉丁语。拉克坦希厄斯语。
③ 指弗朗索瓦·德·吉斯公爵（1519—1563）。

上最杰出的代表。我认为，我们的时代是诗歌繁荣的时代。这个时代诞生了许多优秀的诗人：多拉、贝札、布坎南、洛皮塔尔、蒙托雷乌斯和图纳布斯。还有那些用法语写作的作家，我认为他们将文学提升到了一个难以抵达的高度，而龙沙和杜贝莱所擅长的那种诗体，我并不觉得他们的诗歌同古代诗歌有着很大的差距。阿德里安·图纳布斯与活在他那个世纪的所有人相比，都要懂得更多，而且也明白得更多。

不久前，阿尔瓦公爵去世了，他同我们的王室总管德·蒙莫朗西一样，拥有十分杰出和伟大的人生，而他们在命运上也极其相似。但是，后者死得既伟大又潇洒，而且国王目睹了他是如何英勇地为国捐躯。像他这样年纪大的总管，统领一支胜利的队伍，与自己最亲的亲人展开决斗，并给予对方如此之大的重创，所以，就我看来。他的牺牲应被列为这个时代最值得纪念的事件之一。

经验丰富的统帅德·拉努先生是另一位值得我们深切怀念的伟人，他生性仁慈、温和，通情达理，虽然他成长在两个军事集团肆意妄为的时代，还曾目睹过卑鄙无耻的背叛和惨不忍睹的抢劫。

我曾多次谈论到我"精神上的女儿"玛丽·德·古尔内①的希望，我爱她胜过爱我的亲生女儿，在我隐退时，她已经无形中伴随我左右，仿佛是我身体的一部分，不离不弃。对于我来说，她十分重要。在这个世界上，我唯一喜欢的就只有她一人。倘若我能在年轻时预见她的未来，那么这位奇特的女子将来肯定会做出一番非

凡的大事来，我们的友谊也将会提升到更加完美的高度。她的性格十分坚强，正是这种品质才使我们的友谊更加坚定。我与她之间的感情，就像是相见恨晚的知音，我遇见她时已经五十五岁了，[①] 她只希望在我即将离世之时，她不会太难过。她是这样可爱的女子，这样年轻有活力，而且还生活在我们这个时代，却对《随笔集》第一卷有着独特的见地和看法。她十分钦佩我、爱戴我，而且在她没有遇见我之前，就已经对我十分钦佩了，这的确令人惊讶。

在我们这个世纪，其他的美德实属罕见，或者说几乎没有，但在现在爆发的内战下，勇敢变成了习以为常的事。在这一方面，我们确实可以找到几乎趋于完美的人，而且这些坚定者的人数如此之多，要从中挑出几个典型的事例也十分困难。

所以，迄今为止，我所知道、所了解的，超凡脱俗的高尚品质就只有这些。

① 蒙田于 1588 年在庇卡底地区遇到玛丽·德·古尔内小姐。

13. 论勇敢

　　我凭多年经验获知，冲动突发的精神力量和稳定持久的处世风格是完全不同的两码事。我很清楚，人类无比强大，正如人们判定的那样，我们的力量甚至可以超越神，因为，用自己的努力来保持一份沉着冷静的态度，以神的意志和自信来弥补人性的弱点，这比依靠本能达到这一点更了不起。不过这是偶尔才会发生的状况。在古代伟人的英雄事迹中，有时候会出现一些远远超越自然力的奇迹，不过它同样也只是昙花一现、转瞬即逝。我无法领略到那种将自己灵魂高高挂起的心态，以使自己抵达超凡脱俗的境界，力求回归到最原始最自然的状态。我们不过是一些凡夫俗子，或许可能由于他人的一时激情，推动并鼓舞了我们内心的潜能，在某种程度上使我们超越了自己。但是这件事情过后，一切又会恢复死寂，我们甚至还来不及细想，激情就已完全松懈了，可能不会彻底平息，但起码回不去之前的状态了。因此，我们又变回了俗人，遇见玻璃杯破碎或者鸟儿遇害这种事，心里都禁不住泛起涟漪。

对于一个没有任何才华、满身都是缺点的人来说，我认为什么事他都有能力完成，唯独做不到条理、节制和坚定。

至于这个道理，智者说，观察一个人平常的所作所为，不留痕迹地注意他每天的行踪，这才是正确判断一个人的方式和依据。

皮浪，那个创立了一门十分有趣且以不可知为基础学科的人。他实际上同其他真正的哲学家毫无区别，都是在想方设法证明自己的生活与观点是保持一致的。他坚定地认为，人的判断能力十分低下，根本不可能有机会产生何种倾向性看法，他愿意把自己的观点悬挂起来，任由它摇摆不定，在他的眼中，任何事物都无足轻重。传说他总是一直保持一个姿势和一种表情。假设他已经开始了演说，即使台下空无一人，他也会把内容全部讲完；假设他在走路，就算碰到障碍，他也毫不避让，全靠他的朋友们在悬崖上、车轮下和其他事故中把他解救出来。因为，他的行为不能和自己的命题相冲突，所以恐惧或者躲避事物是不允许的；他认为，人的感觉并不靠谱，根本无法做出正确的判断。有时，他会忍住剧痛，残忍地割破自己的皮肤或者烧伤自己，连眼睛都不眨一下。

这些事，在心里琢磨和规划就已经很复杂了，要付诸实践，那该多么困难啊！不过，这并不是不可能做到的。像这种不同寻常的做法，他却能坚持不懈、始终不渝地使行动符合思想，并把它们逐渐转化成自己的行为方式，做到这点就已经难以想象了。

有时，我们偶尔也看见皮浪在家里和妹妹激烈争吵，当人们指责他并非对一切毫不在乎的原则时，他却这么回应："怎么了！难道我还需要让无知妇孺来见证我的原则吗？"还有一次，有人遇见他与一条狗搏斗，他对那人说："人是无法规矩地遵循一条法律法规的；我们应该有所警惕，保持随时作战的可能性，前提是要付诸实践，倘若无法做到，起码也要在理性和口头上体现出来。"

大概七八年前，我家邻村有一个村民（他至今仍然健在），他的妻子很爱猜疑，对他毫不信任，让他忍无可忍。有一天，他终于爆发了，从田地劳作回来后，又见妻子像往常一样唠叨个没完，便怒气冲天，拿起手上的镰刀，坚决地砍掉了令妻子十分不满的是非根，一股脑儿朝她脸上扔了过去。

听说，有个多情而活泼的年轻绅士，看上了一个十分美丽的姑娘，经过坚持不懈的追求，他终于虏获了女孩的心，但他最终还是绝望了，因为就在他大举进攻时，却发现自己软弱无力。

他已提前衰老，提不起一点儿力气了。①

——提布卢斯

回到家中，他立刻割掉了自己的器官，希望让那冷酷无情、鲜血淋漓的牺牲品冲刷干净自己的深重罪孽。如果这是源于道德标准

———————————

① 原文为拉丁语。

和宗教信仰的要求，如同库柏勒①的祭司们那样，如此这般的崇高行为，我们又能给予什么评价呢？

溯多尔多涅河而上，在离我家二十来里路的贝日腊克有一个妇女，因为她丈夫的个人因素，她被狠狠揍了一顿。之后，她打算寻死以离开他那生性抑郁、粗暴且难以相处的丈夫。第二天起床后，她就像平日里一样自然地与邻居聊天，在字里行间留下了如何处置自家财物的遗言，然后她牵着自己妹妹的手来到桥上，同她轻声告别；一切都发生得太过突然，没有表现出任何异常和激动，她就一头扎进了河里，最终被水彻底淹没。值得一提的是，这个计划在她的脑海里足足酝酿了一个晚上。

印度女人的习俗与我们截然不同。她们的丈夫可以娶多个老婆，在丈夫逝世后，最得宠的那位将要自愿为死去的丈夫陪葬。她们费尽一生的追求，争风吃醋，用尽一切手段，最终赢来这一优待。她们全心全意地服侍自己的丈夫，为的就是能够获得他的欢心和宠爱，可是最终却只能陪同他一起去死：

> 火把刚刚点燃焚尸的柴堆，
> 蓬头散发的妻妾们一拥而上，
> 你争我夺要做丈夫的陪葬。
> 失败者感到体面扫地，无颜见人，
> 胜利者欣喜若狂，纵身跃入火中，

① 库柏勒为希腊神话中众神之母。

灼热的玉唇贴在丈夫的嘴上。①

——普洛佩提乌斯

如今有人写道，他亲眼见过这一习俗在东方许多国家尤为盛行，不仅妻子要和丈夫葬在一起，而且连服侍他们的奴婢丫鬟都要一同殉葬。具体的做法是这样的：当丈夫去世后，倘若妻子愿意（但是很少有这样的人），她可以要求两三个月的期限来处理遗物。当到了要殉葬的那一天，她身着华丽的礼服，跨上骏马，面露喜色，用她的话来说是前去同丈夫在另一个世界相会。她左手持一面镜子，右手拿一把箭，在亲朋好友和欢呼喜庆的人群簇拥下，浩浩荡荡地前往举行仪式的场所。这是一个大广场，广场正中间有一个堆满木柴的大坑。

男人的妻子来到广场，被送上一个有三四个台阶的土丘上，上面有许多美食享用。随后，她开始跳舞歌唱，到了她认为做好准备的时候，就要求群众开始点火。然后，她慢慢走下土丘，带着丈夫最亲的亲属，一起走向河边。到了河边，她必须脱光衣服，将所有的首饰和衣服分别送给她的朋友，然后就像是要洗清自己的罪孽一般跳进河里。从河里沐浴后，她在岸上用一条四米多长的黄色布条缠绕在自己身上。接下来，她再次拉着她丈夫亲属的手，走向那个土丘，并同乡亲们告别，如果这位妇女有孩子，那么她的孩子就将托付给大家照顾。为了避免熊熊烈火让大家心生害怕，土丘和火坑

---

① 原文为拉丁语。

之间拉上了一道帘子。而有些妇女为了显示自己的勇敢，拒绝拉上这道帘子。等她说完最后的话，会有一位女子将她全身倒满圣油。而后，她把盛着圣油的罐子扔进火堆里，自己也纵身跳了下去。人们拼命地往火堆里添加木柴，让大火烧得更旺以减少她痛苦的时间。人们也开始由当初的欢乐转为悲伤，向她表示哀悼。倘若死者身份低贱，他的尸体就会被运去选定的坟墓。死者将保持坐姿，妻子必须跪在他面前，紧紧抱住他的身体，然后，人们会在他们的周围砌一道墙，当墙砌到她的肩膀时，她的亲人从后面勒住她的脖子，结束她的生命。等她断气后，立刻把墙砌高再封死，从此这对夫妻就合葬在此，永不分开。

还是在同一个国家里，裸体修行者①也有颇为相似的做法，这并不是遭人强迫所为，也不是一时兴起，他们只是单纯地想向大家展现自己尊崇的信仰：当年岁增长到一定时候，或是身染重病之时，他们便会自行堆起柴火，在上面放上一张精致华丽的床，和朋友欢聚之后，就坚定地爬上床点起火，我们甚至看不到他们惧怕的眼神，就只能见到他纹丝不动地躺在那儿，等待着大火把自己焚化。他们中间有一个人就是这么死的，而且还是在亚历山大大帝的大军面前，这个人叫加拉努斯。

这种死法，是裸体修行者唯一的选择。他们认为，只有这样才能得到真正的解脱和幸福，在他们享尽尘世间所有一切后，最终让大火涤净自己此生的全部罪孽，让灵魂纯洁无瑕地升空。

---

① 裸体修行者为古希腊人对印度一个教派修行者的称呼。

人生进程中的这种预先筹划和始终如一，是创造奇迹的主要原因。

　　在我们所有的争论中，有一条是关于命运的。为了把还没发生的事，包括我们梦想的愿望以及所有不确定的未来，与一种无可避免的必然性联系在一起，人们依旧坚持从小就认定的一个事实："既然上帝是这么规划和安排生活的，那么一切将要降临的事必定会如期而至。"对此，我们的神学大师们这样回应我们，我们看见（上帝和我们一样，同属看见，并不是预见，因为一切都真实地发生在他面前）一件事将要发生，可是并非由我们强迫致使，其实你们可以这么认为，因为事件发生了，所以我们看见了，并不是我们提前预想的结果。有事才有知，而非有知才有事。我们遇见的事情，就算如实地发生了，但可能是采取另一种方式展现的；可上帝，他所预知的每一件事，都记录了事件的所有原委，甚至那些被人称之为意外的事件，神都赋予它们足够的自由意志力，所以，其中必定会掺入我们人类的意志力，他知道倘若我们没能看见，那只是因为我们自己产生了抵制心理而已。

　　然而，我看见许多将领用这种命运必然性的观点去鼓励自己的士兵。因为，如果说生死有命的话，那么不管是敌人的枪击还是我们的不自量力，勇往直前还是落荒而逃，都无法改变已经判定好的死期。这话说起来容易，实行起来却十分困难。即使有一种强大而坚定的宗教信仰会带给我们相应的行动，但是，这种时刻被人挂在嘴边的信仰，在当下的时代是少之又少，变得微乎其微了。再者，即便有这样的信仰，一旦涉及实际行动，也就会不了了之。

然而，在儒安维尔先生的《圣路易传》中，讲述贝都因人①时也曾提及过宗教信仰问题。他是一个善良且值得信任的人。贝都因人是与撒拉逊人②混居的民族，圣路易在圣地同他们有过来往。据儒安维尔叙述说，贝都因人的宗教信仰是：每个人的生命自古以来都是事前决定和计算好了的。因此，战斗时，只需手持一把土耳其利剑，身披一件白衬衣，就可以上场杀敌了。当他们怒火冲天时，嘴里总是重复一句相同的话，似乎是句极其厉害的咒语："你同全副武装的贪生怕死之徒一样软弱无能！"这证明他们的宗教和信仰与我们的大相径庭。

　　还有一个极其相似的事例。由两位与我们父辈同时代的宗教人士提供的证据证明，他们因为在某个科学观点上产生分歧，于是双方达成协议，在公共广场当着所有群众的面一起跳进火堆，以此来证明各自观点的正确性。当所有准备工作都已完成，两人正要往火堆跳入时，意外发生了，事情就这样被搁置了。

　　一位土耳其贵族青年在穆拉德二世和匈雅提③的战争中，表现得极其英勇，毫不畏惧，在两军对垒的过程中创造了十分显赫的战功。穆拉德二世问他："你这么年轻，又毫无经验（这是他的首场参战），是谁促使你做到如此高尚、如此有魄力、如此勇敢无畏呢？"他回答说："叫我无所畏惧的老师其实是一只野兔。有一天，我去野外打猎，发现一只躲在洞里的野兔。虽然我带了两只猎

① 贝都因人为阿拉伯、伊拉克、叙利亚和约旦等地讲阿拉伯语的游牧民族。
② 撒拉逊人为中世纪欧洲人对阿拉伯和西班牙等地的穆斯林的称呼。
③ 匈雅提（1407—1456），匈牙利王国的军事领袖。

狗，但是为了确保万无一失，我选择用弓箭，因为我怕它要什么花招。当我开始放箭时，直到箭袋里的几十支箭全部用光也毫无所获，不但没有射中，甚至都没能惊醒它。最后，我不得不放出猎狗让它们去逮捕野兔，然而也是徒劳无功。我由此知道是命运在保护它。箭或剑是否能击中，则是我们的命运所决定的。生死有命，我们无权选择后退或提前。"我们顺便可以从这个故事里看到，各种各样的现象都很容易让我们的理智屈服。

有一个人，无论从年岁、荣誉、地位和学问上说都是一位大人物。他向我吹嘘道，外部的刺激导致他的宗教信仰发生了翻天覆地的变化。但是，他所说的外部刺激就像海市蜃楼，根本无法自圆其说，我觉得不可置信：他把它称之为奇迹，我也是这么认为的，不过意思并不相同罢了。

土耳其的历史学家们说，他们几乎无一不坚信自己的生命存在着注定的、不可改变的残忍时效性，这样的信念使他们无论面临什么样的事都可以临危不乱。我认识一位尊贵的国王①，倘若命运一直偏袒他的话，他将从这种生命的时效性中获利。

在我们遇见或经历的事件当中，最让人钦佩的坚决行动，莫过于密谋杀害奥兰治亲王②的行刺事件了。令人不可思议的是，当前一个刺客穷尽毕生努力都没有行刺成功后，我们看见另一个刺客沿

---

① 指法王亨利四世。

② 奥兰治亲王(1533—1584)，即沉默者威廉一世，荷兰反对西班牙统治的英雄。西班牙国王腓力二世悬赏把他除掉。1582年3月18日，一名刺客用枪把他打伤；1584年7月10日，他被第二名刺客杀死。

着前者的足迹走上了同一条路。是什么让他不受失败先例的影响，毅然鼓起勇气，拿起同样的武器，前往刺杀这个到哪都有侍卫伴其左右的君王——这个身强力壮，全城百姓都对他忠心耿耿的君王——奥兰治亲王，而他在之前就有过不该再轻信人的教训，防卫也更加难以突破——而最终这位刺客行刺成功。可以肯定的是，行刺者在行动时十分果断，投入了强劲的热情，迸发出了巨大的勇气。用匕首行刺比手枪来得更可靠，不过匕首需要更稳定的手腕活动和臂力，因此也更容易受阻和出错。我不否定，杀手行刺时是抱着必死的信念，尽管身边的人会多多少少给予安慰，但理性思考的人都会断定，这是一次不可能成功的行动。但他成功了，就足够证明他既有勇气，又具备冷静的头脑。如强有力的信念，它的动力可以是多种多样的，因为我们的想象力可以随心所欲地解释它和我们自己。

在奥尔良附近发生的谋杀事件①是前所未有的。这次谋杀并不是靠蛮力或智慧，单纯是靠巧合和幸运成功的；倘若命运之神没有插手帮忙，结果很可能不会造成致命的伤害；在飞驰的马匹身上向另一个骑马的人射击，这是一个宁可事败也不愿当逃跑者的作为。随后发生的事情向我们证实了这一点。确实，刺客其实有着十分敏感且极度兴奋的心理，甚至有时会完全乱了分寸，不知道该进该退，还是停在原地。他向身边的人求助，帮他渡过一条大河。这种

---

① 指 1563 年 2 月 18 日让·波尔特罗·德·梅雷谋杀吉斯公爵二世。吉斯公爵为法国政治阴谋家和军人。他与蒙莫朗西元帅和圣安德烈元帅组成捍卫天主教的三人执政集团，由此而引起了第一次宗教战争。

办法很容易成功，我曾亲身体验过，不管河流多么湍急，蹚水而过的危险性很小，只要你的坐骑找到容易下水的地方，你就可以轻而易举地预测对面哪处最容易上岸。谋杀奥兰治亲王的那个刺客与之不同。当人们向他宣布残酷无情的判决书时，他自豪地说道："我早就已经准备好了，我坚毅不屈的精神必定会让你们震惊不已！"

腓尼基的一个独立的教派——阿萨辛派①，在伊斯兰世界里被视为最虔诚的教徒，在道德方面也被看作最纯洁的象征。阿萨辛派一直坚定地认为，死后若想进入天堂，唯一的方法就是杀掉敌对教派的人。因此，为了如此伟大的暗杀计划，他们全力以赴，毫不畏惧，时常只身潜入敌方阵营，去进行暗杀（这个词就借自这一教派的名称②）。的黎波里的雷蒙公爵暗杀事件③就发生在他的城市里。

---

① 阿萨辛派指11至13世纪以暗杀敌人为宗教义务的伊斯兰教新伊斯玛仪派。后为暗杀分子的通称。

② "阿萨辛派"是法文 les Assassins 的音译。这个词后用来通称"暗杀分子"，从这个词派生出动词 assassiner，意为"暗杀"。

③ 该暗杀发生在 1151 年。

14. 论父子相像

我在家中无所事事之时，才摊开纸笔来创作，前前后后拼凑，大约就有了这部杂文集。有时因事外出几个月时间，写作也就此耽搁，反复如此，持续了不短的时间，经历了各种不同的时期，这部作品终于问世。现在，我绝不会因为此刻的种种想法去改动最初的原稿，若是为了让部分文章增色添彩，也会稍作改动，但并不是删几个字词。我很乐意将我的思想过程展现出来，让人们看到每一次思考是如何产生，又如何持续下去的。实际上，我早就想这么做了，我希望能看清自己的转变过程。之前，我有一位专为我做口述记录的仆人，他从我的话里偷走了好几篇文章，自以为狠捞了一笔。对于我来说，在发生这件事之后，再也不会有什么东西丢失了，这一点至少还让我堪以自慰。

自我走上写作之路，就整个老了七八岁，但也并非是完全荒废时光，我在这大方慷慨的岁月中深刻体验了肠绞痛。长期同时间打交道，这不可能会一无所获。但我唯独希望，当年华为垂暮者准备礼物之时，能赐予我一份更易于接受的礼物。不过，与我从年幼时就获得的一切相比，年华献给我的礼物也绝不会可怕多少。垂暮之人所承受的苦难中，这种苦难恰恰是我最恐惧的。我三番五次地慰藉自己，想我已在人生之路上走了如此漫长的旅程，这漫漫长路上遭遇一些不快和困苦，也不足为奇；我也数次说道，是时候该上路了，该遵循外科医生的规则来动刀截肢，在健康之处切断生命之源了。若有谁不按时补偿他欠下大自然的巨额债务，大自然自会榨干他的全部血肉，要回这高利贷。然而，这也只是空话。在这一年半的时间里，我一直深感不适，自觉处境不妙，但也并不像立即就要撒手人寰，所以反倒让我愈加淡定从容，安之若素。我已妥协于折磨我的肠绞痛，与它达成某种协调；同时，我又找到了一些满含希望、让人欣慰的东西。人总是会很快习惯于自己的悲惨境地，所以即使条件再过严苛，也不会活不下去。

　　米西纳斯说了这样的话：

　　　　就算失去一条手臂，患上痛风病，双腿也已残废，松动的牙齿全被拔光，只要生命尚存，我也会深感满足。①

———————————

① 原文为拉丁语。

在对待那些麻风患者时，铁穆耳实在是太过残忍，简直无异于一种荒谬且愚蠢的人道主义：一旦他听说某个地方有麻风病患者，就立即下令处死他们，还信口雌黄地声称，这种方式是帮助他们从痛苦中解脱出来的最好方法。然而，现实中那些麻风患者无一不认为，就算患麻风病三四次，也比死了要好。

斯多葛派人安提西尼重病缠身，他痛苦地叫喊道："谁能让我从病痛中解脱出来啊？"恰好此时，第欧根尼去探望他，听到他这句话，便递上一把匕首，说："若是你要马上解脱的话，来，这个东西可以用。"而他马上辩驳道："我说的是从病痛中解脱，又不是摆脱生命。"

某些痛苦仅仅只是触碰灵魂的边缘，这对我来讲，就不会同其他人那样倍感痛苦：有些源于心理态度（因为有的事情对世人来说十分可怕，唯恐避之不及，即便放弃生命也在所不惜，而对我来说就没什么影响），有些源于思想意识，这些不会对我造成直接伤害的事愚不可及；我想，我天性中最好的一部分，便是这类意识。然而，对于那些实实在在的肉体痛苦，我却十分敏感。在我朝气蓬勃的年岁，在上帝的庇护下，我只顾享受着健康、安逸和幸福，一旦我的想象中出现了疾病侵袭的画面，这种虚无的痛苦简直就会让我无法忍受，所以，实际上于我来讲，这种畏惧心理要远远多于受到伤害。这让我渐渐对一件事深信不疑：我们在生活中使用灵魂深处的绝大部分天赋时，获得的结果大多都是扰乱这份安宁，而不是促成这份安宁。

不幸的是，我同最棘手、最糟糕的疾病打上了交道。这种突然袭来的痼疾实在是太过痛苦，随时还有置人于死地的危险。我反复承受五六次这种病痛的突然发作；每一次我都默默祈祷自己尽快痊愈，就是在这一境况下，倘若灵魂可以摒弃对死亡的畏惧，摆脱医生给我们潜意识灌输的不幸、威胁和严重的后果，那么还能够寻觅到支撑和坚持下去的力量。痛苦并不至于让一颗淡然宁静的心变得疯狂绝望，它没有那么可怕和尖锐。就像我与肠绞痛的长期斗争，在这一场妥协中，至少我得到了这一益处；原本我无法同死亡妥协，同一切痛苦并存，而现在，在肠绞痛的促使下，我愈是被逼上绝路，却愈不会害怕死亡。过去，我是为了活着而严肃认真地活；这就是我对生活的理解，而这一看法被病痛推翻了；上帝的此番安排自有它的意图：倘若痛苦将我踩在脚下，那就是在催促我转变方向，朝着另一个不见得稍好的极端走去——从恐惧死亡到期盼死亡！

这最后的日子，既无所畏惧，也无所盼望。[①]

——马尔希埃

这两种情况皆为可怕的心理，但相比起来，其中一种解药比另一种更为唾手可得，更加容易。

更何况，就我看来，让我们用一种镇定自若、无所畏惧的态度来对待病痛，并对它表示出不屑和蔑视，这种说法还是彰显出做作

---

① 原文为拉丁语。

虚伪。哲学什么时候开始对外在现象感兴趣了？哲学应该去研究心灵和思想！至于我们的身体行为和外在活动，哲学应该移交给那些喜剧演员或修辞学家去操心，这是他们的职责。哲学应该做的是，如若胆怯无法在肠胃或心房内驻留，就让痛苦从口头上怯懦地宣泄出来；这类情不自禁的抱怨，应该归于我们那些不受理性控制的自然反应，如叹气、啜泣、心跳、面色苍白等无法控制的行为。心中不再有畏惧，言语中不再有沮丧，哲学就该满足了！胳膊略微变形又有什么关系，只要思想和灵魂毫不扭曲就足够了！哲学的培育对象并不是其他什么人，而是我们自己，哲学的培育也不在于改变外在，而是改变我们的本质。

哲学要改善我们的看法，但这样就不应去控制我们的看法；在承受肠绞痛的折磨之时，必须保持正常的思维，维持灵魂的清醒状态，承受痛苦的重量，将痛苦压在身下，而不是卑微地臣服在痛苦的脚下，灵魂在斗争中预热燃烧，而不是颓废萎靡；灵魂要能够沟通交流，甚至与其的对话应抵达某一深度。

在这一关键时刻，我们还得在行为上左顾右盼，这就是残忍。倘若我们内心从容镇定，即使表情难看也无关紧要。倘若呻吟能减轻肉体的痛苦，那就任凭它去呻吟；倘若高兴时身体愿意颤动，那就随它去。倘若尖声惊叫能像驱散浓雾般赶走痛苦（医生坦言这会有助于孕妇的分娩），抑或是转移我们的注意力，摆脱烦恼，那就随他喊去。不要去控制声音，命令它该怎样，而要给它空间，允许它怎样。这一点伊壁鸠鲁不仅认同，还倡导他身边的贤者把心中的苦恼都喊出来。"角斗场上的斗士，在挥起双拳准备出击时，嘴里也不停地发出哼哈声，因为这会让全身都紧张起来，让肌肉集中所有的能量，让挥出去的拳头更加有力。[1]"痛苦本来就已经让我们忙不迭了，其他多余的规则更是无暇顾及。

许多人在遭遇疾病的反复折磨时，难免都会叫苦不迭，怨声怨气，因此，我的这些话正是为他们准备的；至今为止，就算我不幸感染疾病，也依旧能保持良好的心态，不会刻意维持一种表面的矜持，这一点我并不注重；疾病让我作何反应，我就如何反应；可能是因为我遭受的痛苦并不强烈，也可能是我比常人更加坚强。当我实在难以忍受病痛的煎熬，我也会开口抱怨个不停，但不管怎样，至少我不会像这样完全失控：

他叹气，抱怨，痛苦呻吟，大声哀号，四处诉苦。[2]

——阿克西斯

当我身上的疾病发作激烈时，我也会继续考量，而这时便会发现，我还能够思考，还能开口说话，能清清楚楚地回答别人的问题，同其他时间的我没什么区别；然而，不同之处就在于，这很难持续下去，因为痛苦会时时刻刻让人分心，失去理性，无法持久地集中注意力。当别人认为我已经彻底萎靡不振了，便不会再搭理我，而这时，我就会振作起来，开始扯一些与我的疾病毫无关系的

---

[1] 原文为拉丁语。第欧根尼语。
[2] 原文为拉丁语。西塞罗语。

话题，同他们大谈特谈，只要我努力，就能做到这一点，但是要想让这股力量延续下去，就很难了。

西塞罗这个梦想家的福分我是一辈子都无从消受了，睡梦中，有一个女人搂住了他，而梦醒之后他竟然发现，床单上赫然地躺着他肚子里的那颗结石！而我的结石让我全然失去了对女人的兴致！

在一阵剧痛后，尿道得以放松，针刺般的痛感也消失不见，我瞬间就恢复了常态，若肉体没有做出任何刺激或反应，我的灵魂便无从获知那些警报的出处，这一定得益于早期我对这种事的理性判断。

无论何种考验出现，我既不会无法辨别，也不会惊慌失措：

> 我的心灵早已对它们熟知——一切预测和体验都已存我心。①
>
> ——维吉尔

像我这种没什么经验的人，遭遇这种考验还是有些太过严厉，也太过突然，因为原先我所过的生活十分平和、十分幸福，而这就让我突然间跌入一种难以忍受的痛苦深渊，让我措手不及。不仅仅疾病本身让人心灰意冷，最初体现在我身上的种种症状也比平常要更强烈。频繁反复的发作让我从此失去了安宁。现在的我还有个不错的精神状态，若是能持续下去，一定比其他人

---

① 原文为拉丁语。

的状况要好很多；那些人实际上并没怎么生病，也没遭遇什么真正的痛苦，他们所感受的痛苦，只是源于自己的错误思想罢了。

自负心理会带来某种微妙的谦卑，这就正如我们很清楚自己对很多事物都一无所知，我们坦言自己对大自然赐予的某些特性和品质无从探究，也承认自己不具备挖掘其原因和探索其方法的能力。我们所说的明白的道理，就是自己真正明白的，我们也期盼自己真实而诚恳的表白能获取别人的信任。因此，寻觅奇迹或是解决怪题就实在没什么必要。我认为，那些老生常谈的东西里，就藏有许多匪夷所思的怪事，丝毫不逊色于那些奇迹和怪题。比如，让我们诞生于世的那滴精液就是一个神奇的魔怪，除了验证了祖先的相貌特征，还包含其性格上的特性。怎么会有如此之多说不清道不明的内容包含在这滴液体中呢？

孙子与曾祖父相像，外甥与舅舅相像，这种纷乱复杂的相像性从何而来呢？在罗马，李必达一家有三个孩子间隔出生，注意，并非是紧挨着先后落地的，但他们却生来就有个相同之处：同一只眼睛上长了一块软骨。底比斯有一个家庭，所有的孩子自打从娘胎出来，身上就有一块标枪形状的胎记，一旦哪一个新生儿身上没有这个标记，就被视为野种。亚里士多德说，有些国家实行共妻制，父子关系的判定以容貌相似度为标准。

毫不怀疑，我的结石病是由父亲遗传而来，他就是死于这种病——膀胱里长了一大块结石，最终疼痛而死。他发现这个病时已经六十七岁了，而在此前的大半辈子里，他从未察觉自己的胸腔、肾脏或其他部位有什么异样感；直到垂暮之年，他的身体也一直都十分硬朗，很少生病；即便是患了结石病，也还继续活了七年时间，不过，最后的这七年，他被病痛折磨得死去活来。

在他身患结石病的二十五年前，他生下了我，那时的他还十分健壮，我是他的第三个孩子。哪儿才是这种疾病隐患的藏身之地呢？那时，父亲离患上此病还有这么遥远的年岁，而我的出生所产生的影响会如此遥远深刻？我也有很多兄弟姐妹，都是同一个母亲所生，但患上这种病的人唯有我一个，为什么我在四十五岁后会罹患这种疾病？它又如何隐藏得这么天衣无缝？若有人能为我清楚地解释这一过程，我一定会对此深信不疑，像信任其他那些奇迹一样；我只希望他不要像其他人那样，冠冕堂皇地给我讲述一些比事实还古怪难懂的理论，还强迫我听信于他。

在这里，希望我的放肆能得到医生的谅解，因为历经了这场无法逃身又曲折不堪的遗传之路，我曾对医生的各种说法心生厌恶，轻蔑以对。这种对医学的轻视态度，完全是出于遗传，而不是我本身使然。我父亲的寿命为七十四岁，祖父为六十九岁，曾祖父也活了近八十个年头，他们从不吃什么药物；用他们的话说就是，所有不作为日常食用的食物，都可称作药。

我的观点在于，医学是由实验和病例创造出来的。不过，这样一个显著且又解释问题的实验要在哪儿做？我并不清楚能不能从医学史中找出这样三个人——出生于同一个家庭，不论生死都在同一所房子里发生，自始至终都坚持遵循医生的要求生活。他们应坦然承认与我站在同一边，就算不是源于理性，那至少源于运气；而就医生来看，理性要远不及运气来得重要。

如今我落得这种境地，医生千万不要威胁我或吓唬我，也不要幸灾乐祸，否则这就是不负责任地敷衍糊弄人了。因此，实际上，就我的家庭来看，所有成员都能活到那个年岁，这至少证明了我的话不是毫无道理。这种稳定性在人群中并不常见，再过十八年，这一信念也就有两百年的历史了——因为曾祖父是在1402年出生的。不过，这个实验逐渐失去了说服力和证明力，这也有一定的合理性。现在我备受折磨，但我不应承受他们的谴责：之前的四十七年我一直过得安然无恙，无病无灾，哪怕我的生命现在已走到了尽头，也算是不感遗憾了。

　　出于某种难以解释的天性，我的祖祖辈辈似乎都厌恶医学，我的父亲连药都不能接近。我的叔叔科雅克领主，一位教会人士，自幼孱弱多病，但也就这样顽强地活了六十七年。一次，他连续几日高烧不退，医生派人转告他的家属，说若不及时求医必会毙命（他们所指的求医，通常无异于求死）。在听到这个可怕的宣判时，这个老实人吃惊不已，但尽管如此，他也照样回答："那就死好了。"没过多久，这份宣告就被上帝撕了个粉碎。

　　我家有四个兄弟，最小的是布萨盖领主，比其他兄弟年轻好几岁，也就只有他一人与医学领域常打交道。我想，这是出于他议会法院顾问的身份所致，虽然他看上去神采奕奕，但除了圣米歇尔领主外，他比其他人都早死许多年。

　　我想，很可能我对医学的抵制态度也是源于他们那里。但假如只有这一点原因，我会努力将其克服。因为这种天性的倾向性通常都没什么道理可言，也就难免会有不利，是一种理应消除的病态心理。既然我的这种倾向是天性使然，那么我的理性也必然会反复思考它，顺便就巩固强化它，以至形成了我现在的态度。因为药难入口而躲避或反抗医学，这一顾虑也会遭受我的谴责；我的禀性并非如此。我的观点是，为了健康，再苦的药、再难以忍受的痛苦治疗，都是有所价值的。

据伊壁鸠鲁所说，我认为，会让人更加痛苦的所谓欢乐，理应果断抛弃，而让人更加快乐的所谓痛苦，也理应积极追寻。

最珍贵的东西不过就是健康。唯有健康，才值得我们花费时间、金钱，挥洒汗水、付出劳苦，不惜用生命去追寻。倘若生命没有健康，那就是不公平的，是艰苦难耐的。倘若没有健康，一切智慧、学问、美德和幸福，都会渐渐消退得无影无踪。许多哲学家对此有各种蛮横无理的说法，为了驳斥他们的观点，不妨就拿柏拉图来说，倘若他突然中风或癫痫发作，那么灵魂中的天赋即使再丰富、再高贵，也起不了任何作用。

就我看来，一切抵达健康之峰的道路都不算颠沛流离。当然，这其中我也发现一些其他表象，让我不禁心生疑惑。我并不是说医学全无道理，而是说在庞大的自然界中，有益于我们健康的东西数不胜数，应有尽有。

我所想表达的是，有些草药可以用来滋养，有的草药又是用来汲取精华；根据我的亲身体验，我得知辣根菜可以用来通气，番泻叶可以治疗便秘；像这类的经验之谈我还懂得很多，比如羊肉可以让人强健，酒能活血通脉；梭伦称食物也是一种药剂，治疗的是饥饿症。我坦言承认我们利用大自然神奇的价值，也毫不怀疑万事万物对我们的有益性。我看见燕子自由自在地飞翔，白斑狗鱼兴高采烈地畅游。让我们产生怀疑的，是我们脑海中的新创造，现实中的新发明。为了这些，我们遗忘了自然界的界限和节制，遗忘了我们应遵守的自然规则。

现在我们所遵循的司法，是古代所有律法延传至今而成的一个大杂烩，但常被不合理、不正确地运用；那些对司法心生不满和不屑一顾的人，并不敢直接顶撞这一崇高的品德，而是对这种神圣的亵渎和滥用大加斥责；同理，我会尊重医学这一崇高的学术，敬重它救人治病的宗旨，以及它给予人类重生的希望；但是，在现实生活中，我所见到的医学的运用，实在是无法苟同。

第一点，我的经验导致我不自觉地恐惧医学，因为据我过去的所见所闻，凡是进入医生治疗范围内的病人，都是先得病后痊愈的。事实上，过分地谨遵医嘱对恢复健康没什么好处。许多医生并不仅仅满足于随意摆布病人，还试图让健康的人也患病，以便落入他的掌心之中，最好一直逃不出去。所以他们才总说这样一句话，常年健康之人必得重病。我就是个常常生病的人；我认为，他们若是不搭理我，我的病也不会多么难熬（我几乎已经尝试了所有的办法），很快也能痊愈；我也不需要他们给我开什么药方。我同其他健康的人一样自由，不必给自己限制种种规矩，唯一就只有习惯和心情需要注意。我在什么地方都能生存。即便是生病，也不需要比平常多加什么特殊照顾。身边没有医师，没有药物，没有治疗，我也不会恐慌——就我所知，大多数人拥有这些以后反倒比生了病还要焦虑。难道说，见到一个医生身体健康、长寿，就认为他们必定也医术高明？

在最初的几个世纪，几乎没有哪个国家存在医学这种东西，而那也是最幸福、最美满的世纪；即便是当下，世界上还有十分之一的土地不存在医学，这些领土上的国家并不知道何为医学，而那儿的居住民也比我们这些人更加长寿健康；在我们这群人当中，活得最快乐、最自由的，就是最普通的老百姓。罗马人接触医学是在六百年后，而在他们尝试过以后，又在监察官加图的力量下，将它驱逐出了他们的领域；加图称，没有医学他也照样活得很好；加图活了整整八十五年，而他在指导妻子长寿之时，并非说不服药，而是指不向医生求助——一切对生命有益的东西都是良药。

普鲁塔克告诉我们，加图用以维持全家人身体健康的原料似乎是兔肉；据普林尼说，阿尔凯迪亚人治疗所有疾病的工具是牛奶。希罗多德说，利比亚人盛行这样一种风俗，小孩一旦年满四周岁，就要用火炙他的头顶以及太阳穴上的血管，以此来彻底隔断伤风感冒的扩散通道。这个民族的所有成员一旦遭遇疾病，一律都用酒来治疗，挑选出最烈性的酒，将藏红花和许多香辛作料掺入其中，这一疗法屡试不爽。

说白了，这形形色色的药方，实际上换了谁都能用草药来完成——所有的目的与效果无外乎就在于洗胃涤肠。

我并不清楚这些药方是否真如他们所说如此灵验，我们的身体是否也像酒一样，依靠酒渣才能储存下去，是不是必须存留一定量的废物残渣才能健康。有一个随处可见的现象，许多健康的人因某些刺激或损伤而不慎呕吐、腹泻，因此他们就坚持一定要将自己的肠胃彻彻底底清洗一遍，实际上这只会使疾病恶化，让身体变得更糟糕。近来，我从柏拉图的伟大著作中看到这样的话，他说人体有三大运动，其中催泻是最不利于身体的运动，除非你完全疯了，否则不到不得已的情况千万不能那样做。背道而行只会引来疾病，扰乱身体的平衡。若是我们不幸患病，应缓慢地引导自己以缓解病况，逐渐恢复健康。若是抓起一把药物朝疾病狂轰滥炸一通，这显然不利于健康，因为这就导致身体内部失衡，引发内在的种种冲突，身体无法把握住药效的功力和深度，那些有损健康的成分就开始伺机作乱。

我们应遵循自然法则，那些对跳蚤和鼹鼠适用的法则，人也同样适用；而跳蚤和鼹鼠甘愿在自然秩序的支配下生存，人也要有同样的耐性。高声疾呼毫无作用，除了喊哑了嗓子以外，根本不会促进秩序。秩序是不讲情面的，它高高在上地俯视着一切。我们心中的失望、恐惧或沮丧，只会令它反感不已，延后它的帮助作用，而并不是推动它的有益性。无论是抵达疾病，还是通往健康，它都有自己的旅程，它不会执法不公，不会做出任何让一方受损又让另一方获利的事，否则还有何秩序可言。看在上帝的分儿上，让我们跟随它而去吧！跟随它的人，秩序会带领他们前进，不跟它走的人，秩序会强迫他们前进，甚至连他们的怒火、医学，以及所有的一切，都逃不过秩序的手掌。与其清洗你的肠胃，还不及清洗你的头脑来得有意义。

有一个斯巴达人被人问及，他的长寿秘诀是什么，他回答说：

"对医学一无所知。"阿德里安皇帝在弥留之际也不断地高呼，那群医生是杀害他的罪魁祸首。

一位拙劣的角斗士后来成了一名医生，对此，第欧根尼告诉他："你的选择是对的，要坚持，要勇敢；过去别人欺压你，撂倒你，现在你翻身了，去撂倒他们吧！"

不过，就尼科克莱斯的话来看，医生算是幸运的了，他们的成功被阳光照耀得熠熠生辉，他们的失败被大地隐瞒得天衣无缝；此外，周围的一切事物都可以被他们拿来谋利，一旦自然命运或其他无数复杂外因在我们身上发挥了有效的作用，体现出良好的结果，医生就用他的特权将一切功劳归为己有。只要一个病人躺在医生的治疗室里，那么，他身上显现出的所有好转，都可以被算作医生的功劳。我与其他许多人在生病以后也不会去寻求医生的帮助，即便如此，当我们因为种种缘由而痊愈之际，医生还会费尽心思盗取些成果算作自己的贡献；一旦遇上什么糟糕的事，他们则会避之不及，若病人怪罪于他，他也只会矢口否认，将所有责任通通推卸给病人，摆出种种荒谬可笑的理由。总之，就算只是一个念头、一个眼神、一句感慨，都能成为他们冠冕堂皇的借口。

倘若他们愿意，在病人病情恶化之时，他们也会伺机插手一套万无一失的手段，以此来为自己增光添彩：他给病人服药之后，病人的寒热不断升高，而他则拍着胸脯向我们保证，要是没有他的这剂药方，病情不知道会多严重。一个浑身发冷的病人，被他们折腾得天天发热，他们还说，要是没有他们这个人只会高烧不退。可想而知，连病人的坏事都能被他们变成自己的好事，这医生的工作又怎会不受欢迎呢？这种做法完全可以在病人身上建立起对他们的信任。你想啊，想让人相信如此难以置信的事情，不建立一种完全彻底的信任，又如何做到？

这话柏拉图说得够实在，医生之所以具备说谎的自由权利，正是因为他们那虚伪空洞的承诺，正是决定我们是否获救的唯一要素。

伟大的作家伊索出类拔萃，才华非凡，但是真正赏识其才情之人却寥寥无几；对待那些已经被病魔折磨得可怜兮兮的患者，医生如何肆意作为——他描绘得非常幽默风趣：医生询问一位病人，他所开出的药剂疗效怎样，病人回答道："我冒了一身的汗。"医生说："好。"第二次，医生又问他，身体恢复得如何了，他说："我浑身发冷，感觉冷得厉害。"医生说："那好。"等到第三次，医生再次问他的病情怎样了，他说道："我觉得自己像患了水肿病一样，感觉浑身都是浮肿的。"结果医生还是这样说："这下更好了。"这位病人的仆人前来探望，主人对他说："朋友，医生说我很好，好是很好，但我就要在这好上丧命了。"

埃及有这样一条法律：病人来向医生求助，前三天一切结果病人自负，三天之后，医生才担当全部责任；在埃斯科拉庇俄斯这位医学之神的救助下，海伦起死回生，而后遭受雷殛。

　　万能的众神之父，看到已到达阴间的死人又返回阳间，十分生气，大发雷霆，便用雷电轰击这一神奇医学的奠基人，将阿波罗之子驱往冥河边缘。①

——维吉尔

而他的追随者将活人送进地狱，这样的举止却获得赦免，这是哪门子道理？

尼科克莱斯曾经听到一名医生向他吹嘘，说无论是谁，见到他的高明医术无不肃然起敬。对此，尼科克莱斯说："一个人害死了那么多人还怡然自得，谁见了还不肃然起敬啊。"

倘若我也属于这一行业的一分子，我会塑造一套更神秘、更神圣的医术；最初的时候，他们做得还不错，但遗憾的是，没有人做到了善始善终。神鬼被赋予医学创始人的身份，用一种怪异特殊的说法，一种怪异特殊的写法，这的确是个高明的丌头。

正如一位医生为病人开的药方上写着，"服用体内无血、背负房屋、于草地爬行的大地之子"。②

——西塞罗

从医学的工作，以及其他所有虚无缥缈、稀奇古怪的工作来看，这也是一项规则。要使得药物有效地发挥疗效，首先必须要求病人充满信心和希望。至今他们仍旧死抱这条规则不放；对于那些

---

① 原文为拉丁语。

② 原文为拉丁语。其意是指蜗牛。

盲目信任医生的病人来说，再经验丰富的陌生医生，也比最无知的熟悉者要医术高明。

医生所使用的药物，绝大多数都实在让人匪夷所思：乌龟的左爪，壁虎的尿液，大象的粪便，鼹鼠的肝脏，白鸽右翼下的血液；要是碰上我们这类肠绞痛患者（他们实际上根本不在意我们的痛苦），就给我们开些老鼠屎粉末或其他怪异的东西，像变魔法一样拿出这些来，看上去完全没什么科学依据。我还没提到有些药物必须按照单数服用，一年中某些节日或特殊日期的疗效还不同，方子中草药采摘的不同时间，以及他们呆滞的眼球，小心翼翼的举止，恐怕普林尼也要大加嘲笑一番。

不过，我要表明的是，继这个还不错的开端之后，他们没能继续坚持到底，这就加强了他们行列和诊疗的宗教意义和神秘性，将非同道之人统统隔离开来，埃斯科拉庇俄斯的秘密仪式也不得参加。

这一错误就引发了他们的种种缺点：态度不坚决，做事不果断，证据不充分，武断猜疑，态度生硬地对待不同观点，满心怨恨、嫉妒、充满私人情绪；所有缺点都裸露在外，一览无余；在这种情况下，还毫不担忧地将自己交付于他们，这与瞎子有什么区别啊。你们没有看见吗，那些医生在看到同行的药方时，哪一个不是要将其剔除几味或再添加几味？他们的这一做法就完全泄露了动机：他们对自己名声和收益的重视，要远远超过对病人的重视。最聪明的医生所提倡的做法是，由一名医生负责治疗一名病人。因为，若是这位医生治疗效果不佳，那么他的错误不至于影响到整个医学界的名声；反之，倘若他恰好大获成功，荣耀不仅是他自己的，也会为医学界增光添彩；一旦医生越来越多，这必然会让病人遭受的损害比获得的益处更多。若是古代名医永远都各持己见，他们绝对乐坏了，只有饱读医书的人才清楚这一点，而他们之间互相矛盾的诊断观点，相互攻讦的做法，绝不会在百姓面前透露出一丁点儿来。

不管愿不愿意，来看看古人在医学方面的激烈辩论吧。希罗菲勒斯的观点是，所有疾病的起因都在于人的体液当中，对此，埃勒西斯特勒塔斯所持的观点是在动脉血管；而阿斯克勒庇亚德斯则主张存在于毛孔间流动的看不见的原子；阿尔克米昂则坚持是体力的缺乏或过盛；戴奥克利兹则认为源于身体内各元素的失衡，以及人体呼入的空气质量；斯特拉托认为是人类食用的物品太过丰富，由我们进食的那些腐烂和生的食物引起的；希波克勒蒂兹则认为神灵才是疾病的源头。

对这件事唏嘘不已的还有一个朋友，这个人他们比我还要熟悉，在世上所有实用性学科中，直接关系到我们生存健康的就是医学，它的重要性无须多言，然而令人遗憾的是，它也是最混乱无章、最不具确定性、最变化多端的学科。若是将太阳的高度测量错了，又或者点错了某个天文学测算的小数点，这并不会酿成大祸；然而，因为医学与人类的身体息息相关，所以若是我们跟随它的转向随风摇摆，这一点也不明智。

伯罗奔尼撒战争以前，与医学相关的传闻并不多见，医学之所以后来得到尊重，完全依靠希波克勒蒂兹的努力。之后，克里西波斯将他创造的一切彻底推翻；再往后，亚里士多德的孙子埃勒西斯特勒塔斯又对克里西波斯的论点大加驳斥。在这些人之后又有了经验派，他们对待医学的做法完全不同于古人。当经验派的威信开始下降时，希罗菲勒斯开创了一种新医学，又被阿斯克勒庇亚德斯打倒，消灭干净。接着又有泰米森的学说风行一时；以后又有穆萨的学说；再后来是韦克修斯·维伦兹的学说，他是与梅瑟莱娜有深交的名医；医学王国毁在尼禄时代的塔萨吕斯手中，他对流传到他这个时代的一切都加以抨击，他自己的学说又被马赛的克里那斯推翻，他重新按照星辰活动和星历表调整医学活动，要人依据月亮和水星的活动时间来安排睡觉和饮食。他的地位不久又被同一座城市的另一名医生夏里纽斯代替。后者不但反对古代医学，还反对已流行几世纪的公共热水浴室。他要大家即使在冬天也洗冷水浴，把病人放进天然泉水中去。

　　普林尼时代尚未来临之前，行医者当中还没有一个是罗马人；就像现在法国的行医者都是拉丁族人，那时候，行医的也都只是些希腊人或其他国家的外来人。正如一名大医师所说，对于那些我们所熟知的医学，我们采集的草药，我们自己并不愿甘心接受。但是，倘若那些自己有医生的国家给我们送上愈创木、菝葜、桐树根，不妨换个角度思考一下，我们国家的香芹或白菜是否也会因为充满异域风情、物以稀为贵而备受欢迎呢？历经千辛万苦，这些东西才长途跋涉地来到我们这里，还有谁会轻视它？

　　古时候的医学就已如此曲折颠簸，时至今日尚且还不知会有多少的改变，就如当代帕拉塞尔修斯、菲奥拉凡蒂和阿尔金特里厄斯所做的那样，时常会有彻底且全面的改革。他们改革的对象并不是某个药方，而是——像别人告诉我的——整个医学领域的组织和管理，谴责过去的行医者那些行骗或无知的行为。好好想一想，那些可怜的患者究竟都处在什么样的境遇中！

他们若是犯了什么错误，也不会对我们有什么影响——不会从中受益，也不会蒙受损失；倘若他们给我们这样的承诺，倒不妨在不承担失去一切的风险下试试会获得什么益处。

有一则伊索寓言讲了这样一个故事：一个人买下一名摩尔奴仆，而摩尔人的天然肤色却被认为是遭受先前主人的虐待所形成的，于是这位新主人叫人在浴盆里放满药水，让这个摩尔人清洗了很多遍；然而，他皮肤的这种褐色一丁点儿也没有变淡，反而失去了原本健康的光泽。

医生在医死病人后互相抱怨、推脱责任的现象，我们不知目睹过多少！这让我想起了，我家临近的城市在几年前曾席卷过一场极其危险的流行病，这种病存在致命性的危险；成千上万的人被这场疾病卷走了性命，而当它过去以后，当地一位最有名的医生出版了一本谈及这场流行病的书。在书中他说道，居民应该改变放血的习惯，声称这一旧习正是导致这种疾病风暴的祸根之一。另外，其他那些著作医书的作者们都声明，任何一种药物都无一例外地含有有害物质，若这些治病的药都对人体有害，更何况那些不论缘由就服用药物的事例。

就我看来，那些厌恶药剂的人，若是在某个不恰当的时机违心地服用药物，即便没出什么大事，也难免会埋下许多危险隐患；我认为，这无异于给予一个急需休息的病人强烈的冲击，只会让他的体质更弱。此外，因为许多疾病都是由一些微小且难以捉摸的因素引发的，所以，若是在吞服药物时稍有差错，就会给我们带来不小的损害。

对每个人来说，医生的误诊或失算，无疑是一种危险的错误，是十分糟糕的事，因为医生很容易一错再错；正确的对症下药需要建立在各种症状、情绪、环境等因素的基础之上；他必须准确地掌握病人的性情禀性、性格嗜好、行为风格、念想和希望，还必须了解外部条件、空气、自然、时间、星辰位置及其影响；他还要仔细诊断疾病的发作起因、发展趋势和征兆表现；要清楚地了解药的剂量、用途、效力、出产地及出产时间、外观；他还要善于平衡调节这些因素，以便能够最完美地发挥效用。倘若他稍有差池，在某一点上有所失策，就足够让我们承担风险了。上帝很清楚，要完成这所有事情会有多困难，既然每一种疾病都有那么多种症候，你又如何保证自己能分清每种病的典型症候？单单一项尿液分析，他们就会得出多少种结果，又会产生多少争论！人们总是看见他们不停地争论，讲起各自对疾病的认知便永无休止，这又从何而来？他们甚至常常把貂说成狐狸，这种低级的错误我们从何而谈原谅？每次当我染上什么疑难杂症时，就从来没有三位医生的诊断是一致的。

在这里，我更愿意讲述一些颇有感触的事例。近来，巴黎有一位贵族在接受了医生的诊疗后，决定谨遵医嘱动了手术，而膀胱里哪有什么结石，完全同掌心一样光滑干净。

那儿还有我的一位好朋友，是一名主教。他找了许多医生为他看病，大多数都劝他动手术，以取出结石，我信了那些人的话，也开始劝他。后来，在他逝世后，经解剖发现，他仅仅是腰上有些问题。结石是用手就能摸到的，这种误诊完全没有可以原谅的余地。相比之下，外科显然要靠谱得多，因为无论是哪种检查，都是在看得见、摸得着的部位。医生并没有利用各种器械来观察脑部、肝脏或肺部，因此也就少有个人的推测和臆断。

医学上的许多保证实在很难让人信任。医生们经常会面对两种完全相反的病情急需处理，而这相互之间有必然的联系，比如肝火太旺、胃寒过重；他们就拿来药方，然后信誓旦旦地告诉我们，这个药是去肝火的，那个药是暖胃的；这个药直接经过肾脏，甚至直达膀胱，在这一输送过程中不分散任何药力，即便沿途遭遇阻碍也不会遗失药性，直到抵达它应发挥效力的部位，它才会展示出威力来，而那个药是保持脑部清爽干燥的，还有一剂药是滋润肺部、使两肺保持湿润的。用这各种各样的原料制成的混合型药物，指望药物中各个原料的药性还能分头行动，去寻找各自的归属地，这不是天方夜谭吗？我甚至还禁不住担心，这些药性会不会跑错了地方，搅乱了身体原本的平衡性，或者是混淆得乱七八糟，完全失去了效力？在这种不断流动的混乱状态下，谁能保证每种效力不会互相抵触，甚至相互损害，形成更大的危害性？另外还有一点，这份药方的配制还得由另一名药剂师来完成，这岂不是将我们的生命再次交入别人的手中？

在着装穿戴方面，我们拥有专门的裁缝师和鞋匠，他们的技术更专业，做工也更精致、省时，每个人各司其职，不像服装师傅什么活都揽，所以，我们更乐意选用他们那周到的服务；有许多大户人家十分重视饮食，所以也会雇用厨艺超群的大厨师为他们烹饪，同样也是各色技艺应有尽有，烤肉师傅负责烤肉，蒸肉师傅负责蒸肉，要是只雇一位什么都能做的师傅，他必然没有自己的特色绝活。同理，在医学领域里，埃及是不承认包揽所有疾病的万能医生的，他们把医疗分为不同的科是十分合理的做法；针对不同的身体部位，针对不同的病，他们都有各自专门负责的医生，每个医生只擅长于自己的科目，治疗当然也就更专业内行，误诊则更少了。医生们并没明白，什么都会治的人，实际上就是什么都治不了的庸人，人体这个世界虽小，却有大学问，就他这一个人，怎么可能全面通透地掌握一切！一位患了痢疾的朋友去求医，医生要治疗他的痢疾，却又怕引发高烧，结果这位朋友硬生生地被折腾得丧了命，即便有再多的医生，也抵不上这位朋友的性命。他们不把重点放在眼下的病情上，却盲目地去猜测去推断病况；想治愈头脑的问题，又担心对胃部造成损伤，就胡乱开药，仅凭臆想去用药，结果胃也坏了，脑袋还更糟糕了。

从理性上来看，这门学科所表现出的软弱性和不稳定性，比任何学科都要严重。打个比方：对结石病患者来说，经常食用润肠的食物是有好处的，它可以适当扩大食道，推动形成结石的黏稠物，带走肾脏内的沉淀物及硬化物。但同样也可以说，结石病患者食用润肠的食品是不利的，它可以扩大肠胃道，推动形成结石的黏稠物，而这些物质就更容易被肾脏吸收，那些被推动过来的黏稠物就更容易被储留在这里；另外，若是遇到某些体积较大的食物难以通过肠胃道，它就必须排出，而黏稠物又会将其送入狭窄的血管，就会引发血管堵塞，这必然导致一种极其痛苦的死亡。

他们采用了同一种坚定态度，来劝诫人们采用何种生活制度："多排小便对人体是有益的，因为根据经验我们得知，水分长期留在腹部，就会让排泄物排出，这就导致了肾脏内极易形成结石。不频繁小便对人体是有益的，因为若要排出尿液中沉积的废物，就不得不用力，据经验我们知道，河道会被急流冲刷得干干净净，这一点是缓流无法做到的。同理，多行房事是有益处的，因为这会让排泄器官打开出口，让尿沙和结石得以排出去；多行房事是有害的，因为这会让肾脏持续释放热量，极易导致衰弱或疲劳的状态。泡热水澡是有益处的，这会让一部分尿沙和结石变得软化、松动，易于排出；泡热水澡是有害的，因为这种来自于外部的持续热量，会让滞留在肾脏内的黏稠物加速硬化，促进结石的形成。泡温泉的人少吃晚餐是有益的，这样的话，他在次日清晨饮水时，几乎空无一物的胃部能更好地吸收水分，若是午餐也吃得少则更有益处，因为水分就可以完全发挥它的作用，沐浴之后胃部的负担也不会突然加大，胃在夜间也就更容易完成消化，白天再多的身体和精神活动，也比不上夜间的消化作用。"

从以上我们就可以看到，他们是如何翻来覆去地颠倒事理，企图叫我们相信他们；就这些事理来看，任何一条我都能从中找出背道而驰的一面来。

不过，也没必要在他们背后指手画脚，反正他们自己本就不明不白，只是任凭感觉的指引，到哪一步算是哪一步，这也算情有可原。

过去我屡次外出，基督教国度的温泉站我几乎都走遍了，最后也开始尝试温泉浴。通常，我还是相信沐浴对健康是有益的；过去几乎所有的国家，现在也有很多国家的人每天都沐浴，但时至今日，这一习惯已渐渐消失，我想，这的确会在一定程度上损害我们的健康。我始终都认为，每天蓬头垢面、四肢不洁，这实在是有失颜面。

说到矿泉水，首先我要申明一点，我并没有天生就厌恶它的味道；其次我要说，它是一种源于自然的单纯的资源，不管有没有益处，至少是无害的；饮用矿泉水的人群极其庞大且遍布各行各业，这一点足以证明以上的论述。即便我没见过它发挥什么神奇的效果，但我也没听说它让谁加重了病情，温泉站曾有个说法沸沸扬扬，出于好奇，我也做过一番仔细的调查研究，后来发现这纯粹是一些胡编乱造，人天生就对自己渴望的希冀有种莫名的信任感。但即便如此，也不能出于恶意地否认矿泉水的一些好处，如促进消化，增大食欲，振奋精神等。除非人本身就已虚弱不堪，我奉劝你一句，这种情况下最好别那样做。矿泉水自然不能将一座倒塌的大厦重新扶起来，但若是有所倾斜，它还是可以给予支撑的力量，防止进一步恶化出现。

通常，风景优美的地方才会设有温泉，若是前去享受温泉的人本就极其虚弱，无法加入疗养者的队伍中散步或锻炼，那他的确无法从中受益，至少很难获得最可靠、最好的那部分疗效。出于这一原因，迄今为止我所选择的疗养地，都是一些景色宜人、环境舒适、饮食丰富、伴侣融洽的温泉站，比如像法国的巴涅埃尔温泉，最常去的还是德国和洛林交界处的勃隆皮埃尔温泉，瑞士的巴登温泉，托斯卡纳的卢卡温泉，主要还是德拉维拉温泉，我在不同的季节分别去过好几次。

至于温泉地的风俗习惯，温泉疗法的规则和规定，每个国家都不尽相同，各有各的特色，各有各的看法；据我的经验之谈，我觉得它们都是大同小异的。德国人从不喝矿泉水，他们一旦生病，不论是什么病，都会将自己整天泡在水里，像个青蛙一样。意大利人则要坚持喝九天的水，三十天以上的沐浴，饮用的矿泉水中通常还会掺入某些药物以加强疗效。法国的医生要求我们用散步的方式吸收矿泉水；其他时候要一直待在床上，在床上喝水，喝完以后也不能下床，这样能让手脚和胃部始终保暖。德国人的做法则更为不同，他们常常在浴池中拔火罐和放血；意大利人也有一套自己的沐浴法，用管道将热水引进浴室，然后冲洗自己的头部、胃部，或其他有需要的身体部位。一个月为一个疗程，一天两次，早晚各一小时。其他不同的地方还有各不相同的疗法和习俗；更精确地来说，每个地方都是不同的。

我仅仅只认同医学中的这部分疗法，其他的姑且不论；不过，即便它最不虚假做作，但也难免同其他的医学疗法一样，充满了不稳定性和混乱性。

无论是什么话题，诗人都要将其蒙上一层夸张的美丽面纱，以下两首讽刺诗足以证明：

昨天，阿尔贡触碰了乔维斯的神像，虽然神像是大理石制成的，但也阻挡不了医生的威力！你看，虽然他是石头做的神，今天大家还是从老庙中把他抬了出来，埋进了土里。①

——奥索尼乌斯

第二首诗是：

昨天，安特拉哥拉斯兴高采烈地同我们一起沐浴，还兴致勃勃地一起吃饭；今天早晨，他就被发现猝死家中，福斯蒂纽斯，你要追究他猝然死亡的原因吗？因为他的梦中出现了赫莫克勒蒂兹大夫。②

——马尔希埃

提及此处，我记起来还有什么其他的故事。

我们故乡的山脚下有一块大面积的封地，这块地叫作拉翁坦。夏洛斯的德·科班纳男爵和我，对这块地都拥有使用权。这块土地上的居住民是从安格鲁涅山谷迁徙而来的。他们的服饰特色和风俗习惯与众不同，也有自己的一套生活方式，代代相传的风情和族规

---

① 原文为拉丁语。
② 原文为拉丁语。

也极具特色，对于祖上的遗训，他们本本分分地谨遵其行，绝不屈从于别处的管束。这个小地方的生活简单幸福，民风古朴，压根不需要附近的法官劳神费心，也不需要有什么律师前来提点或劝诫；不需要找一个外地人来处理纠纷，也从没有任何一个居民被迫沦落到乞讨的境地。他们从不与外界联姻或做生意，以此维护他们自己的民风。直至有一个人破坏了这一切——据说父辈那一带还对他这件事情耿耿于怀——那位村民偶然心血来潮，想要飞黄腾达，命令他的儿子学习法律，去相邻的城镇注册入学，最终让他当上了村里所谓的公证人——体面的法律人士。而当这个人的地位日渐增长时，便开始看不起家乡的旧风俗，不断地向居民们灌输说外面的世界有多繁华多美好。起初，他的一名同乡只是丢失了一头羊，他就一个劲地劝他去大城镇，去找大法官来为他评断；就这样，他从这件事一直说到那件事，最终把一切都弄砸了。

在这件败坏风气的事情发生之后，据说又发生了一件更严重的事。有一位外来的医生，有意要迎娶村里一名少女，婚后还落户于此。自此时起，他开始教人们认识心脏、肝胆、大肠的位置，并向他们解释感冒、发烧、脓肿等医学名词的含义，让他们接触这些原本遥不可及的知识。从前，他们只懂得用大蒜来治疗百病，不管多么难以下咽，那都是祛病的良方，而现在，医生让他们服用奇怪的复合药剂对付伤风感冒，利用他们的身体蒙蔽他们，甚至利用他们的生命来大做交易。

这些居民们发誓说，自从这个医生来了以后，他们才开始觉得饮酒过度有害健康，黄昏的湿气会让人头重脚轻，秋季的风比春季的风有害；也是自打他们开始服用药剂时，才觉得自己的精力大大减弱，浑身都是各种各样的怪病，寿命也大打折扣。我要讲的第一个故事就是如此。

我要讲的第二个故事是，在我患上结石症之前，许多人都十分重视羊血，甚至将它视为几个世纪以来上天赐予我们的，认为有了它，人类的生命才得以延续；许多智者在谈起羊血时，也不断地称赞其为包治百病的万灵之药，是神奇的灵丹妙药；而就我而言，我也认为，人生难免会遭遇种种厄运和不测，所以年轻力壮之时，也愿意随身携带一个护身符，于是，我便下令家中依据书中的方法去养一只羊。盛夏之时，将它隔离开来，只让它进食增大食欲的青草和白葡萄酒。杀羊的当天我恰好赶回家中，仆人跑来对我说，厨子发现羊胃中赫然呈现出两三只大球，被胃里的分泌液和食物紧紧地包裹起来。我十分震惊，便叫人带我去看看那羊的内脏，亲自解剖给我看。他从中取出了三大块结石，表面上又粗又硬，但拿起来却轻如海绵，仿佛是空心的一般；有一块同滚石一样圆溜溜的，还有两块不圆的仿佛还在生长中。我询问了那些常常解剖动物的人，得知这类事情并不寻常。它体内的结石同我们人类的极其类似；倘若果真如此，那还能期望一头死于结石症的动物之血能够治愈一个结石病患者？若是硬要说血液不会受其感染，不会对疗效产生影响，那还不如直接说，身体各个器官能在相互作用的情况下生成新物质；虽然人体各个器官的功效有大有小，相互间的作用也十分复杂，但人的身体始终都是一个不可分割的整体。由此可知，这头羊身上也可能含有形成结石的某些因素。

我热衷于这类实验并非是为了我自己，也不是出于对未来的恐惧。只是因为我自己以及其他许多的家庭中，女主人难免都存有形形色色的小药丸，随时准备用同一种药剂来对付几十种不同的病。她们从未检验过药丸的功效，而一旦哪天发挥了效力，便禁不住得意一番。

不过，我对于医生的敬重，并非是像箴言①说的那样有求于他（这位哲学家的这本著作里还提到一个反例，谴责阿萨国王②在死前向医生求助，而不是去求助于神灵），而是在于他们的为人——我见过的许多医生都是令人尊敬的正人君子。我之所以不满，不在于他们本身，而是在于他们的工作：即便他们时常利用我们的无知和愚蠢来谋利，这也不值得大加斥责，每个人几乎都是如此。比医生更好或更坏的职业大有人做，而其存在的基础本就是群众的迷信和愚昧。我不幸患了病，恰巧他们近在咫尺，他们听到我的呼唤，便走过来陪伴我、服侍我，而后接受我提供的报酬。他们在我的要求下，将我严严实实地裹起来，让我能发热出汗。他们可以让我喝莴笋或洋葱汤，也可以要求我饮用白葡萄酒或红酒，只要是对我的胃没什么影响，与我的习惯也不相冲突的事，他们都可以试着做。

我很清楚，对他们来讲这算不上什么事，因为苦涩、辛辣这种怪异的味道，才是药物固有的属性。斯巴达人一旦生病，利库尔戈斯就命令他们饮酒。原因何在？这是因为斯巴达人本就滴酒不沾，

---

① 指《伪经》上的记载。

② 阿萨（前910—前870），犹太国王。

以此来保持健康的身心，这就正如我的一位贵族邻居，他生性厌恶酒味，倘若在他发烧生病时，酒就能十分有效地治疗他的寒热。

我们看到，他们的队列中有很多人与我们的想法相同。他们过得自由自在，完全不去遵循他们给我们的那些劝诫来生活，更不愿意用药物治疗自己的疾病。难道这还不够说明，他们完全是在利用我们的无知和单纯吗？我们的身体和生命又不比他们高贵，倘若他们并不知晓这些治疗的虚假，他们没有理由不去照做。

我们如此盲目无知，因为我们对死亡充满了恐惧，对恐怖和疾病极为不耐烦，对痊愈和健康充满了期盼；就在这种纯粹的怯懦之下，我们的信仰变得软弱无力，任人摆布。

医学被多数人接受，但并不被他们信任。我们常常听到人们像你们一样抱怨，对医学议论纷纷；然而最终他们还是会说："不这样的话，我们又能怎样呢？"好像耐性还不如急性更加有效。

许多被束缚的人默认了自己的可悲，因为他们早已习惯了被别人骗来骗去。只要有人信誓旦旦地保证可以让他痊愈，他就不由自主地任他宰割。

在巴比伦，人们把病人抬出来让路人察看；每个市民都是医生，出于一种情谊和人道主义，每一个路人都会上前询问一番，依据自己的经验和知识提出宝贵的医疗建议。我们的做法也极其类似。

若是针对一个头脑简单的女士，咒语或护身符之说就屡试不爽了；如果要我接受的话，以我的性情，我想我更愿意接受这种疗法，因为至少不必担心它会对我造成什么伤害。

据荷马和柏拉图的说法，埃及的每个人都是医生，事实上，任何一个民族都能用这种说法；每个人都禁不住吹嘘自己手握秘方，试图在邻里身上试一试它的效力。

某一日，我同大家在一起时，有一位可怜的同命人带来一个消息，说有一种神奇的药丸由上百种材料制成，可以带来意料之外的令人惊喜的舒适。这种轰击，怕是连岩石也经不起吧？然而，之后听那些试用过的人说，就连最小块的结石也没见有什么改变。

在结束本章之前，我还要讲述一件事，他们向我提供了许多进行过的试验，试图以此证明他们的药物有多可靠。在我看来，大多数药物——至少三分之二——其疗效都取决于草药的内在效力或精华成分；而真正的精华只有使用后才能得知其功效；这种本质原因并非是靠理智就能得来的。

医生说，魔鬼为许多证明提供了灵感，这点我还是乐于接受的（因为我不愿与奇迹扯上关系）；同样，日常生活中，我们也发现某些物品具有不同寻常的新用途：比如用来御寒的羊毛制成的衣物，它还具备干燥作用，对脚跟皲裂的治疗十分有效。还有我们食用的辣根菜，它能刺激人的食欲，具有开胃作用。盖伦说有一位麻风症患者是喝酒治好的，因为有一条蝮蛇钻进了那个酒桶里。这些事例可以让我们看到与那种实验类似的做法，医生也坦言动物给了他们不少启迪。

至于其他的众多经验，他们则声称完全是源于偶然机缘的指引，我认为进步的这种说法实在是不可思议。在我的想象中，周围一切的植物、动物、金属等，都被人们尽收眼底，时刻关注。我不知道他从何处着手进行他的实验。当人们因为驼鹿的角首次展开遐想时，这种信任度必定是不深刻也不稳定的，所以这并没有让他的第二步工作变得容易多少。面对数不尽的形形色色的病、各式各样的环境，在人们对自己的经验深信不疑之前，人就拿自己的感知觉没办法了；在眼花缭乱的事物中，他要找出哪个是鹿角，在成千上万种疾病中，要找出那种是癫痫；在无法言语的众多感情中，要找出何种是忧郁；在变化莫测的季节中，要找出哪个是冬天；在众多复杂的民族中，要找出哪个是法兰西；在这么多的年纪中要找出哪个年纪是老年；在高深莫测的天体运行中要找出金星与土星；在大大小小的身体部位中找出哪个部位是手指；这一切都不依靠任何论证、猜测、举例或者神的指引，而仅仅受命运的指引，并且这一命运还是完全人为的、有条有理且由浅入深的。

一个人的疾病若是突然痊愈，又如何判断究竟是疾病走到了尽头，还是出于偶然的机缘，或者是他那天吃了什么、碰了什么，甚至是他的祖母的祈祷终于见效？除此之外，一旦这一证明完美无缺，它所做的证明又能反复进行几次？让这些偶然机缘，这些不确定性拼凑在一起，组成一条长龙，从中得出一条规律？

那么，当这条规律得出后，又由谁来记录呢？在数百万人中，负责记录他们的实验的也就只有三个。而命运是否能在适当的机缘下与其中一个相会？倘若有其他的某个人甚至是上百人做了相反的实验，又会得到什么样的结果呢？倘若我们得知全部人类的判断和推理，可能还会看到希望的曙光。然而，就只让三名医生和三个证人来做出判断，为整个人类订立规则，这是从何而来的道理：除非让最广泛、最神圣的人性来做出选择，选择他们，推举他们，郑重地宣布他们作为全部人类的代言者。

致德·杜拉夫人 [1]

夫人，您近来探望我时，我正提笔于此处。因为终有一天这本拙作会落入您的手中，我诚恳地期望它能够证明您给予作者的恩惠让他十分感激，并且感到极其荣幸。您若在此书中碰见他，依然保持面谈时的那种神态和举止。我或许可以装作与平日不同，打扮得更为高贵一些，但我不会这样做，因为我唯独希望，您在阅读这些文章时，脑海中浮现出的我依旧是当年我的本色模样。夫人，您过于珍视我的才能，给予我分量极重的礼节，我希望它们能够（完完全全、原原本本）在一个更坚实的载体上重现，多在这个世上停留几日，以便在将来的某一日，您突发奇想希望温故一番，还能在这书中寻觅踪迹，不需费尽心思地苦苦回忆，那太不值当了呢。我希望，以往或今后，您都能一如既往地喜爱我。不过，我并不追求人们在我死后对我的尊敬和爱戴比在世时要多。

泰比里厄斯性情十分古怪，不过这也很常见。许多人都同他一样，并不在乎生时周围的人们予以他何种评价，反倒更在意死后自己的名声如何，是否备受人们的尊崇。

---

[1] 玛格丽特·多尔·德·格拉蒙，杜拉领主让·德·杜尔福的遗孀。她是著名的玛戈皇后的宫廷夫人，曾参加玛戈皇后的深宫密谋。

倘若我也有幸站在被世人称颂的那一队列中，我倒希望世人在我生时赞扬我，让我伴随着这些赞颂声安然离世。我期望听到的称赞，不需多广泛只需集中，不需多持久只需丰盈；它们大可以在我消失之后同样消失，反正这些温柔美好的声音，我也不可能再听见了。

现在，我正欲放弃与他人的交往，却还招摇地扬着新的箴言警句，这个想法难道还不愚蠢吗？我绝不会瞎编乱造自己从未做过的好事。不管我这个人究竟如何，我也绝不愿意仅仅只是在笔下活成那个样子；我的特长可以通过我的学识和努力发挥出来；学习并非是为了写作，而是为了真正地做人。培养我自己的人生，这才是我所有奋斗的最终目的。我的工作以及所完成的成就，也就是上述这些了。不管做些什么，总比著书立说要好得多。我并不奢求为我的后代留下富足的财产，我只求能把眼下的生活过得舒舒服服，至少也要勉为其难地过得下去。

要说哪个人真的有价值，我们去看他平日的言行举止，为人态度，看他对待爱情、争吵、娱乐、婚姻、饮食、工作持家、做事等方面。许多人写着所谓的好书，脚上却穿着双破旧不堪的鞋，要是容我说一句的话，我还是奉劝他们先修理好自己的鞋子吧。你问一个斯巴达人，他是更想当一位才华横溢的演说家，还是一位英勇杰出的军人；就我而言，还是做个好厨师更为实在。

上帝啊！尊贵的夫人，我十分不愿意做一个只会在笔头上吹嘘作势，其他方面却一无是处的废人。我倒宁愿自己愚蠢无知，也不愿将自身的资质滥用。愚蠢无知当然会让我与新的荣耀无缘；但对我来说，若能不失去我所拥有的一点点资质，就算是最大的财富了。就这幅毫无生气的呆板画像，不仅抹去了我天性的活力，也与我当时的精神状态背道而驰，我从前的锐气和生机一去不复返，垂暮之年已经来临。我即将走到尽头，不久就会腐烂，消失。

夫人，现在若不是得到学者的鼓励，我想我也绝不敢顶撞医学的神秘性，因为除了您，其他许多人也都十分敬重它。鼓励我的人中有两位古拉丁人：普林尼和塞尔修斯。若您有一天偶然碰巧看见他们的著作，您会发觉他们对医学的评论比我要尖锐得多。我不过是对它施加些刺激，而他们却是直接将它掐死。普林尼的讽刺更为尖刻：医生在反复折磨病人后没有得到期望的结果，一时无计可施，便想出了这种精明之计借以脱身：把一些人交付于祈祷和奇迹，把另一些人直接送去温泉浴（夫人，您先不要动怒，他所说的并非是指山这头的温泉，这些都是属于格拉蒙家的，受您家的保护）。

他们还有另一种方法用来摆脱我们。倘若他们对我们的治疗久不见效，我们略微抱怨，他们就绝不会再费尽心思讨好我们，干脆直接推卸责任，或者把我们送去某个清新洁净的空旷之处。

夫人，我已经说得够多了，请允许我接下来继续说完它，方才与您一段闲聊，不小心跑题了。

这一次是伯里克利，当别人问及他的身体状况时，他答道："看看这里，您就明白了。"说着，他指了指自己手臂和脖子上挂着的护身符。他是想说，他已经开始迷信这些玩意儿，到了将希望寄托于这些无聊事的地步，也就说明他病得很重，可能时日不多了。

这并不是说，今后某一天我不会遭受这种可笑且愚蠢的冲击，不会双手捧着自己的生命和健康，交付于医生手中；可能我也会陷入这种疯狂，我无法确保将来能坚定信念毫不动摇；倘若那时人们问我的身体状况，或许我也会与伯里克利做出同样的回答："看看这里，您就明白了。"然后展示出我那重病的证明——将我那沾满十克鸦片膏的双手伸出来。而那时，我的判断力也大大减弱；倘若恐惧感和不耐烦控制了我的身体，那么我的灵魂也就无异于在发高烧。

我的祖先将这种对医学和药物的天生反感遗传给我，为了打这场并不十分熟悉的官司，我费尽了心思，实际上也只是给予这种反感某种安慰和支持，以此证明这其中还包含一定的道理，并非是什么愚蠢的倾向。同理，当别人见到我在急病之中还如此顽强地抵制人家的威胁和劝诱，不要以为我只是固执己见或顽固迂腐，或者认定这个人无比讨厌，或者还认为这只是某种做作的矫情呢。不过，这种行为并不是出于正常的欲望，它这种与我的骡夫和园丁毫无两样的举止，又有什么让人骄傲自豪的呢。当然，我懂得，健康是一种肉体上最实在也最美妙的欢乐，我不会自以为是、踌躇满志地用它去换取一种精神上最虚幻也最缥缈的快乐。荣誉，对于我这种性格的人来说，即便是埃蒙四杰[①]的那种荣誉，就算用发作三次肠绞痛就可以换来的，我也觉得这代价太过昂贵，支付不起。

---

① 法国民间故事叙说查理曼大帝时代埃蒙一家四个儿子的传奇经历。

对于喜爱医学的人，他们也可以有自己的有力且有益的合理看法。若是有人的念头比我的怪念头还要怪，或者与我的观点背道而驰，我绝不会憎恶或抵制，当我看到他人的判断与我的观点彼此冲突，我绝不会有一丝的生气，也绝不会因看法不同而故意为难他人，或与众人格格不入。恰恰相反，不同之处才是大自然最大的原则；除了要有不同的外貌，更要有不同的精神；因为精神具有更柔和的质地，更容易进行塑造或改善；我们很少见到脾气性情、目的意图都完全相同的情况。这个世界上根本不存在两个完全相同的想法和头脑，就像不存在完全相同的两根毛和两颗种子一样。万物皆有差异，这就是宇宙最普遍的原则和品质。